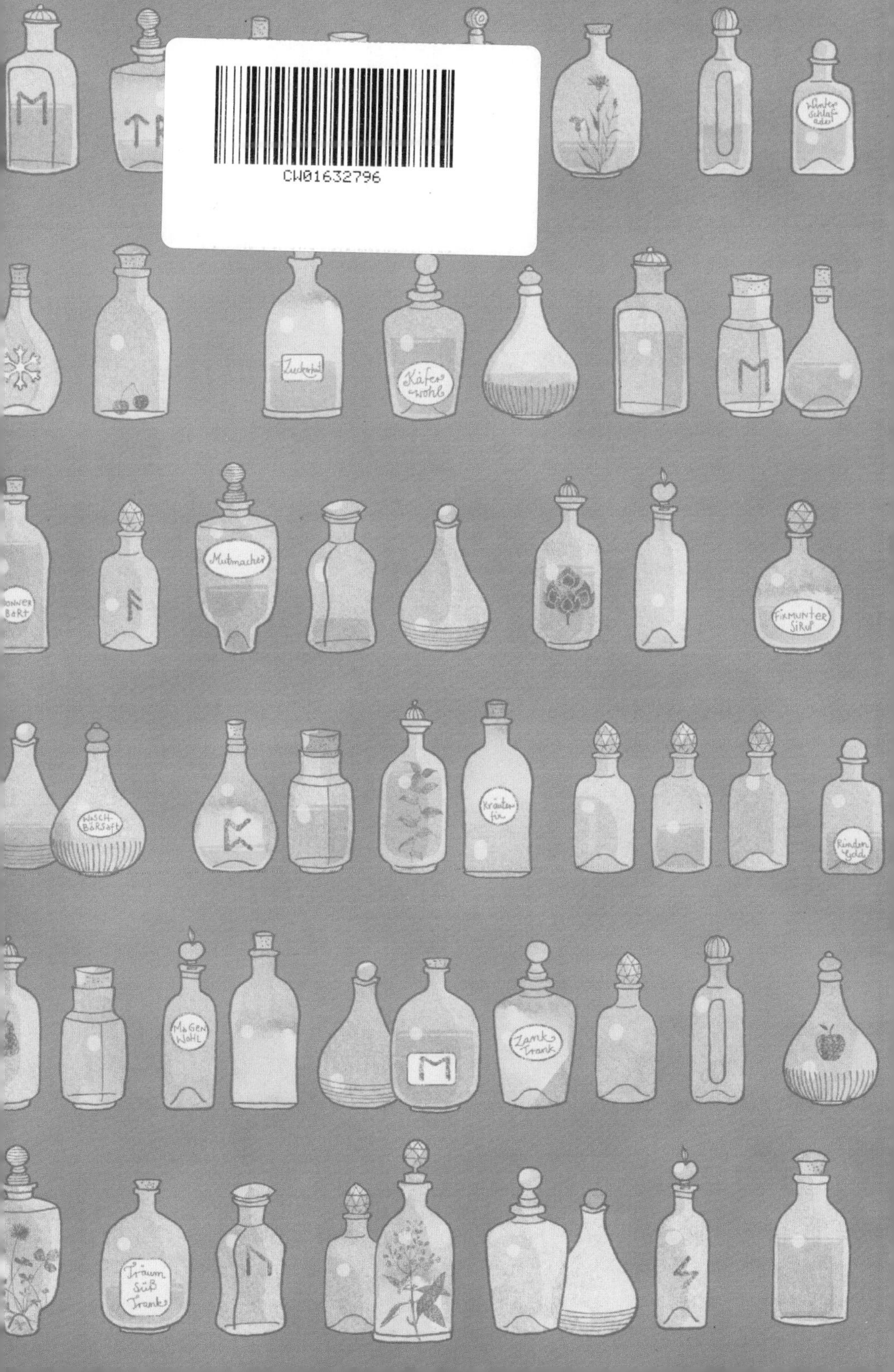
Zuckerhut
Käfer wohl
Mutmacher
MaGEN WOHL
Zank Trank
Träum Süß Trank

Sabine Städing

Petronella Apfelmus

Weitere Titel der Autorin:

Petronella Apfelmus – Verhext und festgeklebt
Petronella Apfelmus – Zauberschlaf und Knallfroschchaos
Petronella Apfelmus – Schneeballschlacht und Wichtelstreiche
Petronella Apfelmus – Zauberhut und Bienenstich
Petronella Apfelmus – Hexenbuch und Schnüffelnase
Petronella Apfelmus – Schnattergans und Hexenhaus
Petronella Apfelmus – Zaubertricks und Maulwurfshügel
Petronella Apfelmus – Eismagie und wilde Wichte

Petronella Apfelmus – Überraschungsfest für Lucius (Erstleser)
Petronella Apfelmus – Wer schleicht den da durchs Erdbeerbeet (Erstleser)
Petronella Apfelmus – Krawall im Hühnerstall (Erstleser)

Titel in der Regel auch als E-Book erhältlich

Sabine Städing

Petronella Apfelmus

Hexenfest und Waldgeflüster

Mit Illustrationen von SaBine Büchner

Boje

Die Bastei Lübbe AG verfolgt eine nachhaltige Buchproduktion. Wir verwenden Papiere aus nachhaltiger Forstwirtschaft und verzichten darauf, Bücher einzeln in Folie zu verpacken. Wir stellen unsere Bücher in Deutschland und Europa (EU) her und arbeiten mit den Druckereien kontinuierlich an einer positiven Ökobilanz.

MIX
Papier | Fördert gute Waldnutzung
FSC® C014496
FSC www.fsc.org

Dieser Titel ist auch als Hörbuch und E-Book erschienen

Originalausgabe

Umschlaggestaltung: Kirstin Osenau unter Verwendung einer Illustration von © SaBine Büchner
Innengestaltung und Satz: Christina Krutz, Biebesheim am Rhein
Gesetzt aus der Adobe Caslon Pro
Druck und Einband: GGP Media GmbH, Pößneck

Printed in Germany
ISBN 978-3-414-82546-9

10 9 8 7 6

Sie finden uns im Internet unter: boje-verlag.de

Hexenpost

Endlich schlich sich der Frühling in den Winter. Petronella Apfelmus stand am Fenster ihres Apfelhauses und beobachtete eine Schar Eiderenten, die lärmend über ihren Garten hinwegzog. Sie wollte gerade wieder zurück an ihren Hexenkessel gehen, als sie bemerkte, dass sich etwas zwischen den Zweigen eines Baumes verfangen hatte. Es ruckte und zuckte, aber was immer es war, es konnte sich nicht befreien.

Petronella öffnete das Fenster und hörte ein leises Knistern. »Seltsam«, murmelte sie und griff nach ihrem goldenen Piratenfernrohr. Als sie es scharf stellte und genau hindurchschaute, erkannte sie es. Natürlich! Es war ein Brief, der sich dort zwischen den Zweigen verfangen hatte. Aufgeregt tastete sie nach ihrem Zauberstab und winkte die Post zu sich heran. Wie ein kleiner Vogel flatterte der Brief zum Fenster herein und landete ganz sachte auf dem Tisch.

»Hexenpost«, murmelte Petronella und wurde auf einmal schrecklich nervös. Hastig brach sie das dicke schwarze Wachssiegel auf. Sie las den Brief einmal

und gleich ein zweites Mal. »Beim mächtigen Donnermann!«, rief sie. Und im nächsten Augenblick stand sie auch schon auf dem Ast vor ihrer Haustür. Wie ein Feuerwehrmann rutschte Petronella die magische Strickleiter herunter und lief briefwedelnd durch den Garten. »Lucius, Gurkenhut!«, rief sie.

»Wo brennt's denn?« Lucius, der große Hirschkäfer, landete direkt auf ihrer Schulter.

Im selben Moment stapfte Gurkenhut aus dem Schilf des Mühlteichs. »Was ist passiert?«, erkundigte sich der Chef der Apfelmännchen.

Und auch Lea und Luis Kuchenbrand bogen mit quietschenden Sohlen um die Ecke. »Ist alles okay?!«, fragten sie.

Jetzt trudelten auch die übrigen Apfelmännchen ein. Sie hatten alles stehen und liegen lassen, als sie Petronella rufen hörten. »Hat dich der wilde Watz überfallen?«, japste Spargelzahn.

Petronella ließ sich auf einen alten Baumstumpf plumpsen und fächelte sich Luft zu. »Pestilla hat mir einen Brief wegen des Hexenfests geschickt«, erklärte sie. »Ihr ahnt ja nicht, was darin steht.«

»Was denn?«, erkundigte sich Lucius.

»Ja, nun sag schon!«, drängelte auch Gurkenhut.

Die Apfelhexe lächelte. »Das Hexentreffen …«, sagte sie und blickte geheimnisvoll in die Runde, »… soll hier in unserem Garten stattfinden.«

»Was?!«, brummte Lucius.

»Cool«, staunten Lea und Luis.

»Wie stellst du dir das vor?«, murrte Gurkenhut. »Im Müllerhaus wohnen Menschen … Und überhaupt ist im Garten nicht genug Platz.«

»Außerdem werden die Wasserhexen sämtliche Fische im Mühlteich fressen«, sagte Spargelzahn.

»Ach was, ich passe schon auf«, erwiderte Petronella leichthin.

»Hoffentlich!« Nun steckte auch Bommel, der alte Karpfen, seinen dicken Kopf aus dem Wasser. »Mir wäre es am liebsten, wenn du das Fest absagst.«

»Das kann ich nicht«, antwortete Petronella. »Es ist eine große Ehre, und außerdem sind die Einladungen sicher schon alle verschickt.«

»Aber du bist nicht bloß eingeladen«, erwiderte Gurkenhut. »Du sollst das Fest

sogar ausrichten, und das ist doch wirklich ein himmelweiter Unterschied.«

»Stimmt genau!«, pflichtete ihm Lucius bei. »Die Oberhexe hätte dir ruhig ein paar Wochen früher Bescheid sagen können.«

»Das kriegen wir schon hin!«, sagte Petronella. »Ich hätte nie gedacht, dass sie mir zutraut, ein so wichtiges Fest auszurichten.«

»Wie viel Zeit bleibt uns denn noch?«, fragte Lea gespannt.

»Drei Tage«, antwortete die Apfelhexe. »Aber ihr beiden haltet euch da schön raus.«

»Was?!«, riefen die Zwillinge enttäuscht.

Gurkenhut nickte. »Auf einem Hexenfest habt ihr nichts verloren.«

»Soll das heißen, vor unserer Haustür findet das coolste

und magischste Fest statt, das man sich überhaupt vorstellen kann, und wir dürfen nicht dabei sein?«, rief Luis empört.

»So ist es!«, bekräftigten Petronella, Lucius und die Apfelmännchen.

»Das ist gemein!« Wütend kickte Luis einen Kiesel in den Teich.

»Ja, das ist gemein«, sagte auch Lea und rieb sich nachdenklich das Kinn. Dann lächelte sie. »Aber ihr habt doch sicher nichts dagegen, wenn wir euch helfen, das Fest vorzubereiten, oder?«

»Natürlich nicht.« Petronella lachte. »Wir können jede Hand gebrauchen.«

»Wann soll es denn losgehen?«, erkundigte sich Luis eifrig.

»Sofort«, sagte Petronella. »Als Erstes brauchen wir genügend Holz für das Hexenfeuer. Es soll das größte und schönste Hexenfeuer werden, das die Welt je gesehen hat.«

»Das trifft sich gut«, nickte Luis. »Lea und ich sind nämlich die besten Hexenfeuerholzsammler, die die Welt je gesehen hat.«

»Sehr schön«, lächelte die Apfelhexe.

Lea zupfte ihren Bruder sacht am Ärmel. »Ähm,

wir kommen gleich wieder«, erklärte sie dann. »Wir … wir müssen noch die Hühner füttern.« Und mit diesen Worten zog sie Luis mit sich fort.

»Was soll das? Ich habe die Hühner heute Morgen schon gefüttert«, beschwerte der sich, als Lea das Gatter zum Auslauf öffnete. Sofort kamen Nofretete und die anderen Hühner angerannt.

Lea lächelte und strich dem Oberhuhn sanft über den roten Kamm. Dann sah sie sich um. »Hier können wir ungestört reden«, meinte sie und setzte sich ins Gras zwischen die Hühner.

»Was gibt es denn zu reden?«, murrte Luis und ließ sich neben seine Schwester plumpsen. »Du hast doch gehört, was Petronella gesagt hat. Das Fest findet auf jeden Fall ohne uns statt. Wenigstens dürfen wir bei den Vorbereitungen helfen, und das ist schon mal besser als nix.«

»Das ist sogar viel besser als nichts«, nickte Lea und sah ihren Bruder listig an. »Denn vielleicht können wir dabei ein gutes Versteck auskundschaften …«

Luis sah sie verblüfft an. »Du … du meinst, wir sollen uns heimlich auf das Fest schleichen?«

»Na klar, wer weiß schon, wann wir wieder bei einem Hexenfest dabei sein können«, sagte Lea.

Luis pfiff bewundernd. »Die Idee hätte glatt von mir sein können.«

»War sie aber nicht«, grinste Lea. »Und jetzt komm, bevor die anderen ohne uns mit den Vorbereitungen anfangen.«

Briefalarm

Am nächsten Tag fegte Petronella wie ein Wirbelsturm durch ihren Garten. »Spargelzahn, wie weit seid ihr? Reicht das Brennholz, oder soll ich meine Schwestern bitten, uns einen Orkan zu hexen?«

»Das Brennholz ist kein Problem«, sagte Spargelzahn. »Es liegt noch genügend vom letzten Sturm herum. Schwieriger wird es mit dem Thron für Pestilla, den sie heute Morgen bestellt hat. Er soll aus Bratwurst sein. Das wird wohl nicht klappen.«

»Aus Bratwurst? So ein Unsinn«, schimpfte die Apfelhexe. »Zimmert einen aus Holz. In dem ganzen Trubel wird sie sowieso nicht merken, worauf sie sitzt.«

»Neue Zusagen!«, rief Lucius. Er zog einen prallgefüllten Postsack wie einen großen Luftballon hinter sich her. Dass es darin ruckte und zuckte, kümmerte ihn nicht.

Petronella schluckte. »Das wird aber ein ziemlich großes Hexenfest, oder was meint ihr?«

»Ich kann mir nicht vorstellen, dass darin lauter Zusagen sind«, meinte Spargelzahn und riss den Sack mit einem Ruck auf. Wie der Korken aus einer Flasche schossen die Briefe heraus und flatterten munter durch Petronellas Garten. Sie umkreisten den Schornstein des Müllerhauses, schaukelten auf den Flügeln der alten Mühle und landeten als kleine Schiffchen mitten auf dem Mühlteich.

»Oje!« Lucius schlug erschrocken mit den Flügeln.

»Das habe ich nicht gewollt!«, rief Spargelzahn.

Er flitzte zwischen den Bäumen hin und her, sprang hoch in die Luft und versuchte, die Ausreißer wieder einzufangen. Doch die tanzten wie Schmetterlinge im Wind und dachten gar nicht daran, in den dunklen Sack zurückzukehren.

Da ertönte plötzlich ein erstaunter Ruf aus der Backstube. »Meike, das musst du dir ansehen!«

Lea und Luis, die gerade an ihren Hausaufgaben saßen, horchten auf.

»Das war Papa!«, rief Lea. »Hoffentlich ist nichts Schlimmes passiert.«

»Lass uns nachsehen, was los ist!« Luis sprang auf und war schon auf dem Weg in die Backstube. Lea folgte ihm.

Auch Petronella hatte einen gehörigen Schrecken bekommen. Die fliegenden Briefe waren nicht zu übersehen. Und dabei sollten Hexen stets unauffällig sein. Entschlossen griff sie nach ihrem Zauberstab … Doch dann zögerte sie.

»Was ist, worauf wartest du?«, drängte Lucius.

»Moment, mir fällt der Zauberspruch gleich ein«, murmelte die kleine Hexe. Dann nickte sie und rief:

»Briefe, die im Winde gaukeln,
fröhlich in den Zweigen schaukeln.
Hört der Hexe Zauberworte,
folgt ihr ohne Widerworte.
Zweimal zick und dreimal zack,
springt zurück in diesen Sack!«

Sie malte mit dem Zauberstab einen gezackten Blitz in die Luft, und schon ertönte ein Knistern und Rauschen. Spargelzahn zog den Kopf ein. Die Briefe kehrten im Sturzflug zurück und purzelten in den Postsack, den Lucius weit aufhielt.

»Das wäre geschafft!«, stöhnte Spargelzahn.

»Beinah«, antwortete Petronella und blickte besorgt in Richtung Müllerhaus. Denn ein Brief fehlte noch.

Im Müllerhaus rissen Lea und Luis gerade die Tür zur Backstube auf.

»Hast du gerufen, Papa?«, fragte Lea atemlos und starrte mit großen Augen auf den Brief, der zuerst um die Lampe kreiste und dann versuchte, durch das geschlossene Fenster zu entkommen.

»Natürlich habe ich gerufen. Was würdest du tun, wenn ein Brief in deinem Zimmer herumflattert?«, ant-

wortete ihr Vater. »Macht schnell die Tür zu, damit er uns nicht entwischt, bevor ich ihn gelesen habe.«

Besorgt sahen sich die Zwillinge an. Ihnen war sofort klar, dass hier Zauberei im Spiel war.

Mit ausgebreiteten Armen trieb ihr Vater den Brief

in die Enge. Aufgeregt flatterte der Umschlag gegen die Fensterscheibe.

»Jetzt hab ich dich!«, knirschte Herr Kuchenbrand. Er griff nach dem Brief und schnappte ins Leere. »Verflixt, er ist einfach zu flink!«

Suchend sah sich der Bäckermeister um. Dann lächelte er grimmig. »Du hast es nicht anders gewollt.« Mit diesen Worten zog er klebrigen Zuckerguss in eine Kuchenspritze und … PATSCH! Der Schuss hatte gesessen. Die zähe Masse klebte sofort, und mit einem traurigen PLOPP fiel der Brief auf ein Backblech mit Zimtschnecken.

»Schnell, wir müssen verhindern, dass er ihn liest!«, zischelte Lea.

Luis nickte. Mit einem Satz stand er neben seinem Vater und versuchte, ihm den klebrigen Brief aus der Hand zu schnappen. »Darf ich auch mal lesen?«

»Nach mir«, knurrte Herr Kuchenbrand und sah sich den Umschlag genauer an. »Hexenpost?!«, rief er verblüfft.

Blitzschnell schnappte Luis zu und stopfte den Brief unter seinen Pullover. »Äh … Das ist für ein Schulprojekt«, murmelte er und zog Lea mit sich aus der Backstube.

Im Garten kam ihnen ihre Mutter entgegen. »Hat Papa nicht eben gerufen?«

»Ja, hat er. Ich glaube, ihm sind ein paar Rezepte durcheinandergeweht«, antwortete Luis, und im Galopp liefen die Zwillinge zu Petronellas Apfelbaum.

Lea wollte gerade an der Klingelschnur ziehen, als die magische Strickleiter auch schon neben ihnen herunterfiel.

»Ich hoffe, ihr habt einen Brief für mich?«, fragte Petronella gespannt, als die Zwillinge auf dem Ast vor ihrer Haustür ankamen.

»Logisch«, grinste Luis und griff unter seinen Pullover. Dann verzog er das Gesicht. »Moment …«

»Was ist?«, fragte Lea.

»Er klebt an meinem Bauch!«

Erstaunt sah Petronella Luis an.

»Papa hat den Brief mit Zuckerguss beschossen«, kicherte Lea.

Mit einem Ruck zog Luis die Hexenpost hervor und reichte sie Petronella. Die Apfelhexe lachte und zog das Papier aus dem Umschlag. »Sehr schön. Der Brief ist von Augusta Schieferstein. Die Gebirgshexen kommen auch zum Fest.«

»Die Gebirgshexen?«, fragte Lea neugierig.

»Ganz recht. Gebirgshexen sind eine besonders alte Hexenart, vermutlich sind sie deshalb so eingebildet«, sagte Petronella.

»Wie sieht man als Gebirgshexe denn so aus?«, erkundigte sich Luis und zwinkerte seiner Schwester zu.

»Sie sind grau. Grau wie Stein«, summte Lucius und landete neben Petronella auf dem Ast. »Gurkenhut schickt mich. Er sagt, er hätte den perfekten Platz für das Hexenfest gefunden. Du sollst ihn dir unbedingt anschauen.«

»Mach ich«, versprach Petronella und stieg gleich auf Lucius' Rücken. »Wir sehen uns später!«, rief sie den Kindern zu und brauste auch schon auf dem Käfer davon.

»Ja, bis später!« Lea und Luis winkten ihr nach.

»Sie sind grau«, murmelte Luis und setzte sich auf die Treppe vor Petronellas Haustür.

Lea sah ihn spöttisch an. »Du willst dich doch nicht etwa als Gebirgshexe verkleiden, oder?«

»Warum denn nicht?«, fragte Luis. »Wenn ich Papas grauen Mantel anziehe und mir den Hexenhut tief ins Gesicht ziehe, erkennt mich kein Mensch. Aber vielleicht kommen ja auch ein paar megacoole Zauberer.«

Der perfekte Platz

Petronella musste sich gut festhalten. Sie war eine sehr gute Käferreiterin, aber Lucius flog heute so übermütig, als wäre ihm der Frühling unter die Flügel gekrochen.

»He, pass doch auf!«, schimpfte Petronella, als ein Ast ihr beinah den Hut vom Kopf gestoßen hätte. »Wohin geht's überhaupt?«

»Wirst du gleich sehen«, summte Lucius und flog über die rostige Pforte am Ende des Gartens. Gleich dahinter stand eine prächtige Rotbuche auf einer großen Wiese. Hier landete Lucius im Gras und ließ seine Reiterin absteigen. Petronella schüttelte die silbernen Apfelkerne in ihrer Rocktasche und stand sofort in normaler Hexengröße da.

»Du meinst, wir sollen das Hexentreffen hier abhalten?«, fragte sie.

»Ich finde, das ist keine schlechte Idee«, antwortete Lucius.

»Die Idee ist sogar ganz ausgezeichnet«, erklärte Gurkenhut, der mit Spargelzahn und den anderen Apfelmännchen hinter dem Stamm der Buche hervorkam. »Die Wiese ist groß genug für Hexenfeuer und Marktstände, und unter der Rotbuche lässt sich hervorragend Hexenrat halten.«

»Außerdem ist der Mühlteich weit genug entfernt. Und das wird Bommel ganz besonders freuen«, griente Spargelzahn.

»Warum nicht?«, überlegte Petronella und ließ ihren

Blick über die große Wiese schweifen. »Hier ist wirklich genug Platz. Das hast du gut ausgesucht, Gurkenhütchen!« Sie packte den verdutzten Apfelmann und tanzte mit ihm einmal im Kreis herum.

»Genug! Genug! Ich bekomme gleich einen Drehwurm!«, protestierte der.

Da raschelte es neben ihnen im Gras. Eine winzige Haselmaus steckte den Kopf heraus. »Petronella, komm schnell! Meine Tante ist mit der Schwanzspitze in einer Mausefalle hängen geblieben!«

»Was sagst du da?«, rief die Apfelhexe. »Wo ist deine Tante?«

»Sie ist in ihrem Nest in der Brombeerhecke.«

»Das ist nicht weit von meinem Apfelhaus entfernt. Sag ihr, dass ich gleich bei ihr bin. Ich hole bloß noch Verbandszeug und Salbe.«

»Das mache ich«, piepste die kleine Maus.

Petronella schüttelte die magischen Apfelkerne und sprang schon wieder auf Lucius' Rücken. »Wir sehen uns später!«, rief sie den Apfelmännchen zu und schwirrte auf dem Käfer davon.

Gurkenhut sah ihr einen Moment nach und wandte sich dann an seine Männer. »Ihr habt es gehört. Das große Hexenfest wird hier auf dieser Wiese stattfinden.

Also, worauf wartet ihr noch? An die Arbeit. Wenn alles rechtzeitig fertig werden soll, müssen wir kräftig in die Hände spucken!«

Als Petronella wenig später auf dem Ast vor ihrer Haustür landete, war sie erstaunt, dass die Zwillinge noch immer da waren. »Wartet ihr auf mich?«, fragte die kleine Hexe und hüpfte von Lucius' Rücken.

»Ja und nein«, antwortete Lea. »Wir wollten uns nützlich machen und bei den Vorbereitungen zum Hexenfest helfen. Aber es ist niemand da, der uns sagen kann, was wir tun sollen.«

»Das ist eine gute Idee.« Petronella war schon halb in ihrem Apfelhaus verschwunden. »Ich muss nur ganz schnell zu einer Patientin …«

Lea und Luis folgten ihr nach drinnen. »Was ist denn passiert?«, erkundigte sich Lea.

»Eine Haselmaus ist mit ihrer Schwanzspitze in eine Mausefalle geraten.«

»Das arme Mäuschen!«, rief Lea.

»Allerdings!«, nickte Petronella grimmig. Dann sah sie Lea freundlich an. »Wusstet ihr, dass eine Haselmaus eigentlich gar keine Maus ist?«

Die Kinder schüttelten den Kopf.

»Haselmäuse gehören zur Familie der Bilche und sind mit dem Siebenschläfer verwandt«, erklärte die Hexe und packte Verbandszeug und Salben ein.

»Ich habe noch nie etwas von Bilchen gehört«, gab Lea zu. »Aber ich bin eine gute Tierpflegerin. Darf ich mitkommen und dir helfen, Petronella?«

»Ein anderes Mal«, lächelte die Apfelhexe. »Die kleine Haselmaus hat bestimmt einen Schock. Es wäre nicht gut, wenn ich jetzt auch noch zwei fremde Menschen mitbringe.«

Das sah Lea ein. Sie begleitete Petronella bis zur Tür und sah ihr zu, wie sie mit ihrer Arzttasche auf Lucius' Rücken stieg.

»Das Hexenfest wird übrigens außerhalb des Gartens auf der großen Wiese stattfinden«, sagte die Apfelhexe. »Es gibt jede Menge Arbeit. Ich bin sicher, die Apfelmännchen können eure Hilfe gut gebrauchen.« Und damit flog sie auch schon davon.

»Petronella hat überhaupt keine Zeit mehr für uns«, beschwerte sich Luis.

»Ach Quatsch. Das ist ein Notfall. Du hast doch gehört, was mit der kleinen Haselmaus passiert ist. Und jetzt komm, lass uns zu Gurkenhut auf die Wiese gehen.«

Luis zögerte. »Gleich«, sagte er und marschierte zurück in Petronellas Wohnzimmer.

»He, was soll das? Du kannst doch nicht einfach in Petronellas Haus gehen. Außerdem brauchen die Apfelmännchen unsere Hilfe.« Lea folgte ihrem Bruder zögernd ins Haus.

»Siehst du das Buch? Ich glaube, das ist es!« Luis deutete auf einen dicken Wälzer, der ein wenig zwischen den anderen Büchern hervorschaute. »Lexikon der magischen Wesen«, las er langsam. Dann holte er die kleine Fußbank, die neben Petronellas Sessel döste, und schob sie vor das Regal.

»Luis, lass das sein!«, rief Lea erschrocken. »Das darfst du nicht! Was meinst du, wie wütend Petronella wird, wenn sie erfährt, dass du in ihren Büchern herumgeschnüffelt hast.«

»Ich schnüffele nicht herum«, antwortete Luis und ließ das dicke Buch auf den Tisch plumpsen. »Ich will bloß nachschauen, wie Gebirgshexen aussehen. Sonst brauchen wir uns gar nicht erst zu verkleiden. Ist doch logisch oder?«

Lea war hin- und hergerissen. Irgendwie hatte Luis ja recht. Aber ihr gefiel es gar nicht, Petronella so zu hintergehen. »Stell das Buch wieder zurück«, sagte sie.

»Mach ich. Aber erst wenn ich nachgesehen habe.« Luis wollte das Buch gerade aufschlagen, als ein Wispern durch den Raum wehte. »Lassss essss sein, ich bin nicht dein.«

Erschrocken zog Luis die Hände zurück und sah seine Schwester an. »Hast du das auch gehört?«

Lea nickte. »Stell das Buch lieber schnell wieder an seinen Platz.«

Doch Luis wollte noch nicht aufgeben. »Ich schaue nur ganz kurz«, versprach er und schlug die erste Seite auf.

»Lea, guck mal. Hier ist ein Kapitel, das ›Drollige Drachen‹ heißt.«

»Finger weg, du Bücherschreck!« Diesmal war das Wispern nicht zu überhören und hatte einen wütenden Unterton.

Aber Luis ließ sich davon nicht einschüchtern. Eifrig blätterte er weiter … und schrie ganz plötzlich auf. Das schwarze Buch hatte sich glutrot verfärbt und ihm die Finger verbrannt. Mit einem Satz sprang Luis zurück. Schmale gelbe Augen funkelten ihn wütend an, und zwischen den Seiten quoll schwefeliger Dampf heraus.

»Da siehst du, was du davon hast!«, schimpfte Lea.

Luis lutschte an seinen schmerzenden Fingern. »Das tut ganz schön weh!«, jammerte er.

»Selbst schuld«, zischte Lea. »Du hast doch nicht im Ernst geglaubt, dass sich ein Hexenbuch von jedem aufschlagen lässt.«

Luis verzog das Gesicht. Natürlich hatte er das gedacht. »Vielleicht können wir es einfach zurück ins Regal stellen, dann merkt Petronella nichts.«

»Kaum. Es glüht wie ein Ofen.« Lea runzelte die Stirn.

»Dem Tisch scheint die Hitze nichts auszumachen«, sagte Luis.

»Vielleicht verbrennt das Buch nur Menschenfinger?«

Da hatte Lea eine Idee. Sie lief in die Küche und kam mit zwei Topflappen zurück. Damit packte sie das Zauberbuch und stellte es zurück ins Regal.

Erleichtert sah Luis sie an. »Danke!«, murmelte er.

»Sehr gerne«, antwortete Lea schnippisch. »Und jetzt gehen wir endlich zur großen Wiese.«

Eulen, Zwerge, Haselmäuse

Unterdessen war Lucius mit Petronella bis zur dicken Brombeerhecke geflogen. Hier landete er und ließ seine Freundin absteigen. Die Apfelhexe verzichtete darauf, die magischen Apfelkerne zu schütteln, und marschierte, klein, wie sie war, schnurstracks in die Hecke. Sofort tauchte die Haselmaus neben ihr auf. Sie hieß Murmel und war sehr froh, Petronella zu sehen. »Gut, dass du kommst!«, piepste sie. »Meine Tante ist in ihrem Nest. Ihr Schwanz schmerzt fürchterlich, und sie zittert am ganzen Körper.«

»Ich bin ja jetzt da«, beruhigte Petronella die junge Maus. »Bring mich gleich zu deiner Tante. Haselmausnester sind schwer zu finden.«

»Natürlich, komm mit.« Die Maus huschte so schnell voran, dass Petronella Mühe hatte ihr zu folgen. Die Apfelhexe musste tüchtig aufpassen, dass sie im dichten Gestrüpp nicht mit den Ärmeln an den Dornen hängen blieb und sich den Mantel zerriss. Im grünen Dämmerlicht war Petronella froh über ihre Hexenaugen, denn die ließen sie auch bei Dunkelheit nicht im Stich.

»Pass auf, gleich rechts wohnen die Wildbienen!«, warnte die kleine Haselmaus und huschte schnell weiter. Sie bogen noch zweimal ab und kletterten eine Brombeeranke hinauf. Dann waren sie am Kobel der Haselmaus angekommen.

»Ich habe Petronella mitgebracht!«, rief Murmel.

»Vielen Dank«, antwortete eine schwache Stimme aus dem Dunkeln. Petronella trat ein und fand ihre Patientin auf einem Lager aus Stroh. Sie hatte sich ein Taschentuch um das Schwanzende gewickelt. Doch der Verband war so schmutzig, dass er mehr schadete als nützte.

»Hallo, Zähnchen!«, begrüßte Petronella die verletzte Maus. »Das sind ja schlimme Geschichten.« Sie stellte ihre Tasche ab und sah ihre Patientin aufmerksam an.

»Es tut scheußlich weh!«, klagte die Haselmaus.

»Keine Angst, der Schmerz wird gleich vergehen«, beruhigte Petronella sie. Mit geübten Fingern löste sie das Taschentuch und betrachtete die Wunde.

»Ich kann mir vorstellen, wie sehr es schmerzt«, sagte sie grimmig. Doch dann huschte ein Lächeln über ihr Gesicht. »Es fehlt nur ein winziges Stück von deinem Mauseschwanz. Ich verspreche dir, in ein paar Tagen wirst du es nicht mehr vermissen.« Sie öffnete ihre Arzttasche und

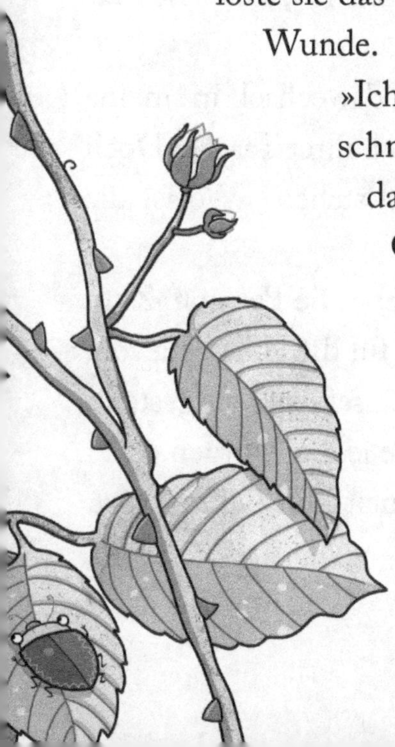

holte einen kleinen Tiegel mit Salbe heraus. »Mäusedorn und Beinwell … es gibt nichts Besseres«, murmelte sie, während sie die Wunde verarztete. Zum Schluss wickelte sie einen ordentlichen Verband darum und stand auf. »Du wirst sehen, gleich wird es dir besser gehen. Aber lass dir das eine Lehre sein. Ich habe euch immer wieder gesagt, dass ihr euch von menschlichen Behausungen fernhalten sollt.«

»Du hast ja recht«, antwortete die Haselmaus und setzte sich auf. »Aber der Winter war lang, und unsere Speisekammern sind leer.«

Petronella seufzte. »Ich werde Gurkenhut bitten, dir einen Sack Nüsse zu bringen.«

»Das ist sehr freundlich. Hab vielen Dank!« Die Haselmaus lächelte.

»Komm morgen zum Verbandswechsel in meine Sprechstunde.« Petronella griff nach ihrer Tasche. Doch an der Tür blieb sie noch einmal stehen. »Wo ist die Sache eigentlich passiert?«

»Ein Stück die Landstraße hoch. Die Pension ›Zum tapferen Schneiderlein‹ rüstet sich für die Urlaubssaison. Sie haben im ganzen Haus Mäusefallen aufgestellt. Frau Schneiderlein kontrolliert sie jeden Morgen.«

»Stimmt!«, meldete sich jetzt auch Murmel zu Wort.

»Die Fallen haben schon sieben Mäuseleben gekostet. Meine Tante hatte Glück, dass es nur die Schwanzspitze war.«

»Sieben Mäuseleben?«, rief Petronella entsetzt. »Warum habt ihr mir nicht längst davon erzählt?«

»Wir … wir … Ich weiß nicht«, stotterte die kleine Haselmaus. »Es ist ja nicht in deinem Garten passiert. Und wir dachten, es interessiert dich nicht.«

»Papperlapapp!«, rief Petronella erbost. »Natürlich geht es mich etwas an, wenn eine Fallenstellerin in der Nähe wohnt!« Dann lächelte sie versöhnlich. »Haltet euch von ihrem Haus fern, und sagt auch den anderen Bescheid. Mir fällt ganz bestimmt etwas ein.« Und mit diesen Worten verabschiedete sich die Apfelhexe.

Lea und Luis marschierten währenddessen um den Mühlteich herum. Sie wollten zur großen Wiese, die sich direkt an Petronellas Garten anschloss. Wie immer, wenn sie in diesen Teil des Gartens gingen, hatte Lea ein wenig Futter für Frieda und Fritz dabei. Im letzten Sommerurlaub hatten sie dem Gänsepaar das Leben gerettet, und jetzt wohnten die beiden Tiere bei ihnen.

»Schnatt-Schnatt-Schnatt!«, rief Lea. Und als hätten

die Gänse sie verstanden, tauchten sie neben ihnen aus dem Schilf auf und kamen leise schnatternd heran.

»Ich glaube, es gefällt ihnen hier«, strahlte Lea und teilte das Brötchen in zwei Hälften.

»Logisch gefällt es ihnen. Ist ja auch tausendmal besser, als Braten auf einem Teller zu landen«, meinte Luis. »Und jetzt komm endlich!«

Lea warf die restlichen Krümel ins Wasser und folgte ihrem Bruder bis ans Ende des Gartens.

»Ich bin gespannt, was da los ist!«, freute sich Luis. Die Zwillinge schlüpften durch das alte schmiedeeiserne Tor und sahen sich verdutzt um. Auf der Wiese war niemand zu sehen.

»Wo sind sie denn alle?«, wunderte sich Lea. Die Kinder gingen bis zur mächtigen Rotbuche und hielten nach Gurkenhut und seinen Männern Ausschau.

»Seltsam«, murmelte Luis.

»Baaah!«, rief plötzlich jemand. Und schon plumpsten fünf Apfelmännchen neben den Kindern ins Gras. Sie hatten sich am Stamm der Buche versteckt. Nur sehr geübte Augen konnten sie entdecken.

»Ihr hättet euch ruhig vorher ankündigen können«, murrte Gurkenhut. »Wir dachten, fremde Menschen wären im Anmarsch.«

»Ja, ihr habt uns tüchtig erschreckt!«, rief Spargelzahn.

»Und ihr uns erst!«, grinste Luis.

»Hat Petronella euch geschickt?«

Die Kinder nickten. »Wir wollen euch helfen, und sie hat uns gesagt, wo wir euch finden können.«

Sofort hellte sich Gurkenhuts Miene auf. »Ihr wollt uns helfen? Das klingt wie Musik in meinen Ohren!« Die anderen Apfelmännchen lächelten ebenfalls.

»Na, dann packt mal gleich mit an!«, forderte Karottenwams sie auf.

»Seht ihr den Holzstapel dort hinten?«, fragte Rübenbach.

»Na klar!« Die Kinder nickten.

»Sehr schön! Dann seht ihr sicher auch die 136 Eulen, die vom Haspelwald direkt auf uns zukommen.«

»136 Eulen?«, rief Lea.

»Ein paar Uhus sind auch darunter«, gab Rübenbach zu. »Sie sind nur Petronella zuliebe so früh unterwegs.«

»Lasst uns ihnen ein Stück entgegengehen«, sagte Gurkenhut. »Sie bringen Holz für das Hexenfeuer. Achtung!«

Direkt neben den Kindern prasselten Äste und Zweige herunter. Schnell zogen Lea und Luis die Köpfe

ein. »Wow, das
ist ja richtig gefährlich!«, schnaufte Luis.
»Wenn ich das gewusst hätte,
hätte ich meinen Bauarbeiterhelm
mitgebracht.«

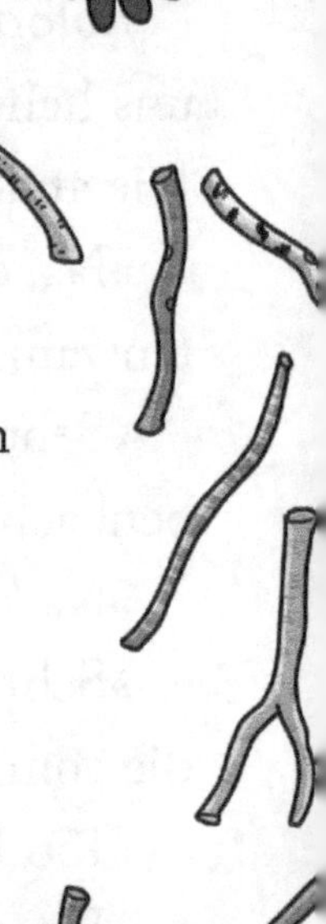

Lea sah den Vögeln nach. Die Eulen hatten ihre Last abgeworfen und kehrten zurück in den Haspelwald. »Kommen sie noch mal wieder?«, erkundigte sie sich.

»Natürlich. Sie bringen Bruchholz aus dem Wald. Für das Hexenfeuer reicht es aber noch lange nicht.«

»Das Sturmholz, also die besonders dicken Äste und Baumstämme, werden von den Zwergen gebracht«, erklärte Spargelzahn.

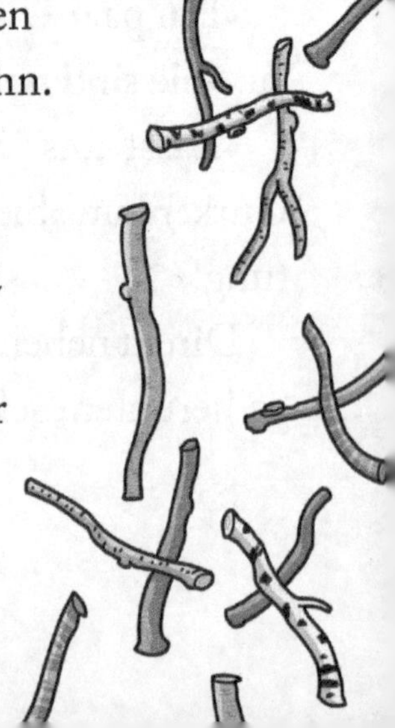

Lea lachte. »Ist Gambur der Starke auch dabei?« Sie konnte sich noch gut an den Gartenzwerg von »Bergwerk & Blume« erinnern.

»Ganz recht. Petronella hat Gambur

gebeten, uns zu helfen, und er hat noch ein paar Kollegen mitgebracht. Allzu viel Zeit haben sie leider nicht. Im Frühling haben Gartenzwerge besonders viel zu tun. – Und jetzt schnell. Sammelt die Äste auf, und werft sie dort hinten auf den großen Holzhaufen! Die Eulen werden gleich mit der nächsten Ladung kommen.«

Im Apfelhaus war Petronella gerade nach Hause zurückgekehrt. Sie stellte die Arzttasche in die Ecke und sah sich nach Lucius um.

»Was meinst du, wollen wir zu den anderen auf die Wiese fliegen und ihnen helfen, das Holz für das Hexenfeuer zusammenzutragen?«, fragte sie.

»Du solltest dich lieber um deine Garderobe kümmern. Hast du vergessen, dass dein Festumhang Brandlöcher hat?«, brummte der Hirschkäfer.

»Brandlöcher?!« Petronella sah ihren Freund entsetzt an. Mit drei Schritten war sie an ihrem Kleiderschrank und holte den nachtblauen Umhang heraus.

»Ich weiß gar nicht, was du hast«, strahlte sie. »Der sieht doch tadellos aus.«

»So? Dann sieh dir doch mal die Rückseite an.«

Und wirklich. Die Rückseite des Capes war mit kleinen Brandlöchern übersät.

»Verflixt. Da hat mich der Feuerputz also doch noch erwischt!«, ärgerte sich Petronella.

»Wenn du dich beeilst, schaffst du es vielleicht noch bis Ladenschluss zu ›Weberknecht & Spindel‹.«

Petronella war hin- und hergerissen. »Du hast recht«, seufzte sie schließlich. »Ich springe schnell auf den Besen und düse rüber nach Wimmerding. Vielleicht kann Maia den Umhang bis zum Fest ausbessern. Falls jemand nach mir fragt, ich bin heute Abend wieder zurück.«

Mit diesen Worten rollte Petronella ihren Umhang zusammen und pfiff nach ihrem Besen. Der kam sofort angeflitzt, und schon ging es los. »Nach Wimmerding!«, rief Petronella. Das ließ sich ihr Besen nicht zweimal sagen, denn er liebte weite Ausflüge. Als Zauberbesen verstand er es vorzüglich, sich der Größe seiner Reiterin anzupassen. Zuerst ganz klein, nahmen er und die kleine Apfelhexe ihre normale Größe an, sobald sie die Wipfel der Apfelbäume unter sich gelassen hatten. Mit

Höchstgeschwindigkeit düsten sie über den Himmel nach Wimmerding.

Auf der Wiese schob Gurkenhut derweil noch einen Ast in den Reisighaufen. »Das war die letzte Ladung Bruchholz für heute«, sagte er.

»Ich bin total geschafft!«, stöhnte Lea.

»Sag bloß, morgen müssen wir weitermachen«, ächzte Luis.

»Natürlich. Wir sind noch nicht fertig. Ich habe für morgen drei Flüge bestellt. Den Rest erledigen die Zwerge.«

»Morgen kommen die Zwerge? Oh fein, das darf ich nicht verpassen!«, freute sich Lea.

Der Chef der Apfelmännchen lächelte. »Ihr habt fleißig geholfen und dürft morgen gerne wiederkommen. Aber für heute ist Feierabend. Es wird bald dunkel, und dann sind nur noch die Eulen unterwegs.«

Wenn er sich hier mal nicht irrte.

Pension Schneiderlein

Lucius stand am Fenster des Apfelhauses und sah hinaus in die Dunkelheit. Wo Petronella bloß blieb? Das Feuer im Ofen war bereits heruntergebrannt, doch die Apfelhexe war noch immer nicht aus Wimmerding zurück.

Der Hirschkäfer wollte gerade ein paar Tannenzapfen nachlegen, als er plötzlich ein seltsames Geräusch hörte. Ein dunkler Schatten fiel durchs Fenster, und ein rundes Vogelauge schaute zu ihm herein. Sofort duckte sich Lucius hinter Petronellas Sessel. Er kannte das dunkle Gefieder und die schwarzen blanken Augen nur zu gut. Eine Krähe hatte sich auf dem Ast vor dem Apfelhaus niedergelassen, und Hirschkäfer standen ganz oben auf ihrer Speisekarte.

Lucius wollte gerade aus dem Zimmer schleichen, als der Apfel einen kräftigen Stoß bekam. Erschrocken klammerte sich der Käfer an Petronellas Sessel fest.

»Krah!«, machte es, und das Vogelauge schaute zum nächsten Fenster herein. Forschend ließ die Krähe ihren Blick durch jedes Zimmer in Petronellas Apfel wandern. Dann hatte sie genug gesehen. Sie versetzte dem Apfel-

haus einen letzten, unwilligen Schnabelhieb und flog endlich davon.

Das Haus schwankte wie ein Schiff auf dem Ozean, und Lucius musste sich gut festhalten, um nicht umzufallen. Dann war der Spuk vorbei. Der Käfer wartete noch eine Weile, bis der Apfel wieder ganz ruhig am Baum hing, und schlich hinüber zum Fenster.

»Seltsam …«, murmelte er. Nach Einbruch der Dunkelheit waren Krähen normalerweise nicht mehr unterwegs. Da entdeckte er plötzlich eine kleine Laterne, die zwischen den Baumwipfeln direkt auf ihn zukam. Erleichtert atmete er auf. Petronella war wieder zurück. Sie hatte vorn an ihren Besen die Positionslampe gehängt, was nichts anderes bedeutete, als dass heute Abend besonders viele Hexen unterwegs waren.

Jetzt landete die Apfelhexe direkt vor ihrer Haustür und kam schnell herein.

»Da bist du ja endlich!«, rief Lucius erfreut. »Ich habe mir schon Sorgen gemacht.«

»Tut mir leid!« Petronella hängte ihren Reisemantel an die Garderobe. »Du ahnst ja nicht, was in Wimmerding los war. Es schien, als wären alle Hexen gleichzeitig in den Ort gekommen, um sich neue Umhänge und Mäntel schneidern zu lassen. Sogar Pestilla war dort. Natürlich hat sie sich überall vorgedrängelt.«

»Typisch!«, brummte Lucius.

Petronella ließ sich in ihren Sessel fallen. »Ich hatte Glück, dass Maia meinen Auftrag überhaupt noch angenommen hat. Sie hat mir versprochen, das Cape auszubessern und rechtzeitig vorbeizubringen.«

»Das Fest wirft seine Schatten voraus«, brummte Lucius. »Vermutlich sind alle außer Rand und Band. Stell dir vor, kurz bevor du zurück warst, hat sich eine Krähe sehr auffällig für unser Apfelhaus interessiert. Sie hat in jedes Fenster geguckt.«

»Merkwürdig.« Petronella runzelte die Stirn. »Glaubst du, dass eine andere Hexe dahintersteckt?«

»Vielleicht«, überlegte Lucius.

Petronella zuckte mit den Schultern. »Ich habe nichts zu verbergen. Soll sie gucken, so lange sie will.« Die Apfelhexe griff nach ihrem Zauberbuch.

»Was hast du vor?«, wunderte sich Lucius. »Du willst doch nicht etwa noch zaubern?«

»Ich will nicht, ich muss!«, antwortete Petronella und ließ ihren Blick über die Seiten wandern. »Du weißt doch, was ich der Haselmaus versprochen habe. Ich werde der Fallenstellerin eine Lektion erteilen, die sie so schnell nicht vergisst.« Die Hexe blätterte und blätterte. »Aha, hier habe ich auch schon einen passenden Zauberspruch gefunden!« Petronella lief in ihr Schlafzimmer und zog eine Truhe unter ihrem Bett hervor. Darin bewahrte sie all die nützlichen Dinge auf, die eine Hexe zum Zaubern braucht. Schnell griff sie nach dem Glas mit den Nebelgeistern und steckte es in ihre Rocktasche. Dann war sie bereit. »Lucius, bist du so gut und fliegst mich zur Pension ›Zum tapferen Schneiderlein‹?«

»Sehr ungern«, murrte der Käfer. »Ich hatte mich so auf einen gemütlichen Abend gefreut … Und wer weiß, was Frau Schneiderlein sonst noch so treibt. Vielleicht hat sie nicht nur Mausefallen aufgestellt, sondern auch Fliegenfänger aufgehängt, an denen ich dann kleben bleibe.«

»Ach was, uns passiert schon nichts«, beruhigte ihn Petronella. »Aber wenn du nicht mitkommen willst, muss ich wohl den Besen nehmen.«

»Natürlich komme ich mit. Irgendjemand muss ja auf dich aufpassen!«

Petronella lächelte. »Ich wusste, dass du mich nicht im Stich lässt.«

»Hör auf, mir zu schmeicheln. Lass uns lieber losfliegen, bevor ich es mir anders überlege«, brummte der Käfer.

Kurz darauf waren die zwei auch schon unterwegs. Lucius orientierte sich an der Landstraße und wäre fast an der Pension »Zum tapferen Schneiderlein« vorbeigeflogen. Doch Petronella hatte gut aufgepasst. »Stopp! Da unten ist es!«, rief sie.

Der Käfer drehte eine Runde über dem Haus und landete ein wenig abseits im Garten. Petronella sprang ab und schüttelte die silbernen Apfelkerne in ihrer Tasche. Sofort wuchs sie auf normale Hexengröße heran. Lucius machte es sich wie gewohnt auf ihrer Hutkrempe gemütlich.

»Ich bin bereit«, flüsterte er. »Aber sei bitte vorsichtig.«

»Keine Sorge«, beruhigte ihn Petronella. Sie ging zur Haustür der Pension und berührte den Knauf ganz leicht mit ihrem Zauberstab. Sofort sprang die Tür auf, und sie konnten eintreten. Wachsam sah sich Petronella um. Als Hexe konnte sie nicht nur im Dunkeln ganz ausgezeichnet sehen, sie konnte sich auch so leise wie eine Katze bewegen. Und das tat sie jetzt. Zuerst schlich sie in die Küche. »Ich verwette meinen Hexenhut, dass hier Mausefallen aufgestellt wurden«, murmelte sie.

»Du hast recht. Da hinter dem Vorhang ist eine«, flüsterte Lucius, der von ihrer Hutkrempe einen hervorragenden Überblick hatte.

Petronella nickte grimmig. »Und hier im Brotkasten sind gleich zwei! Diese hinterhältige Person hat ihn extra ein Stück offen gelassen, damit die hungrigen Mäuse in die Falle tappen.«

»Ich sehe noch eine! Dort oben auf dem Regal!«, rief Lucius. »Das sind so viele! Es wird die ganze Nacht dauern, bis wir alle Fallen gefunden haben.«

»Nicht wenn ich die Nebelgeister danach ausschicke«, sagte die Apfelhexe und holte das Glas aus ihrer Manteltasche. Sie schraubte den Deckel auf und murmelte:

»Schiefe Tanne, Krötenmeister,
aus dem Glas, ihr Nebelgeister!
Sucht die Fallen, bleibt nicht kleben,
rettet kleine Mäuseleben.
Sputet euch und legt sie frisch
hierher vor mich auf diesen Tisch!«

Die kleinen weißen Geister ließen sich nicht lange bitten. Sie schossen aus dem Glas und machten sich sofort auf die Suche.

Sie suchten in Schränken und hinter den Bänken. In Zuckerdosen und zwischen Hosen. Vom Keller bis zum Dachboden durchkämmten sie das ganze Haus. Und hatten sie eine Mausefalle entdeckt, steckten sie ihre eisigen Geisterfinger hinein und ließen die Falle zuschnappen.

Schnapp, klack, klickerte es hier und dort. Keine fünf Minuten später waren die milchigen Gesellen wieder zurück und legten ihre Beute vor Petronella auf den Tisch. Es waren genau dreiundzwanzig Stück. Glück-

licherweise war heute Nacht noch keine Maus hineingetappt.

»Da meint es jemand ernst mit den Mausefallen«, stellte Lucius fest.

»Du hast recht«, nickte Petronella. »Es wird Zeit,

dass wir der Fallenstellerin eine Lektion erteilen.« Die Apfelhexe nahm dreizehn der Mausefallen vom Tisch und versteckte sie kurzerhand im Brotkasten. Dann griff sie erneut nach ihrem Zauberstab.

»Apfeltäubling, morscher Ast,
Mausefallen aufgepasst!
Silberdraht und Hexenheuler,
zögert nicht, sperrt auf die Mäuler!
Kommt ein Finger euch zu nah,
schnappt kräftig zu. Es droht Gefahr!
Hex Höx!«

Klack, klack, klack, machte es, als die Mausefallen die Bügel spannten. Petronella schloss den Brotkasten, ließ aber, genau wie Frau Schneiderlein vorher, einen kleinen Spalt offen. Dann schickte sie die Nebelgeister zurück ins Glas.

»Und jetzt?«, fragte Lucius gespannt.

»Jetzt sehen wir zu, was passiert.« Petronella lächelte böse und fegte mit einem Wisch eine Kaffeekanne vom Tisch.

KLIRR! Das war laut. Die Kaffeekanne zersprang in tausend Stücke.

Lucius schlug erschrocken mit den Flügeln. »Was machst du denn da?«

»Das wirst du gleich sehen.« Petronella schüttelte die magischen Apfelkerne und wurde so klein, wie es sich für eine Käferreiterin gehörte. »Schnell, wir müssen uns verstecken!«, rief sie und sprang mit einem Satz auf Lucius' Rücken.

Aufgeregt stieg ihr Freund in die Luft und landete auf dem obersten Küchenregal. Keine Sekunde zu früh. Denn schon kamen Schritte die knarrende Treppe herunter. Lucius kroch mit Petronella zwischen einen Stapel Topflappen und lugte neugierig daraus hervor. Gleich darauf steckte Frau Schneiderlein ihren Kopf zur Tür herein. Mit blitzenden Augen sah sie sich um. »Na wartet«, murmelte sie. »Habe ich etwa noch nicht genug Fallen aufgestellt?« Sie schaltete das Licht an und erstarrte, als sie die zerbrochene Kaffeekanne sah.

»Aaaarrrr!!!« Ihr Schrei klang eher nach einem wütenden Tyrannosaurus als nach einer harmlosen Pensionsbetreiberin. Frau Schneiderlein wurde rot wie eine Peperoni und griff nach einem Kochlöffel. »Jetzt reicht es mir aber!«, zischte sie und schlug sich klatschend mit dem Löffel in die Hand.

Patsch, patsch, patsch, machte es, als sie an dem

Regal vorbeikam, auf dem sich Petronella und Lucius versteckt hatten.

»Uiuiuiui«, bibberte der Käfer leise.

»Psssst.« Petronella legte den Finger auf den Mund. Denn jetzt hatte das Jagdfieber Frau Schneiderlein gepackt. »Mäuslein, Mäuslein, Mäuslein«, lockte sie und schaute suchend unter Stühle und Tischtücher, in die Vorratskammer und Kochtöpfe.

Petronella bewegte ihren Zauberstab nur ein winziges bisschen: Schon rumpelte es im Brotkasten.

Frau Schneiderlein wirbelte herum. Auf Zehenspitzen schlich sie auf die Anrichte zu und linste durch den Spalt ins Innere des Kastens. Verflixt. Es war zu dunkel, um etwas zu erkennen. Den Kochlöffel in der einen Hand, versuchte sie mit der anderen, den kleinen Spalt zu vergrößern. Aber das blöde Ding wollte einfach nicht aufgehen. Die Nase dicht vor der Öffnung schob Frau Schneiderlein schließlich vorsichtig ihre Hand hinein. Da sprang der Brotkasten auf. Und mit einem Schnapp-schnapp-schnapp-schnapp-schnapp hatten sich fünf Mausefallen an der Pensionsbesitzerin festgebissen. Vier hingen an ihren Fingern, eine klemmte an ihrer Nasenspitze.

»Au!!!« Frau Schneiderlein schrie so laut, dass es bestimmt bis nach Australien zu hören war. Sie schüttelte ihre Finger, zog an ihrer Nase, aber sie konnte die Fallen nicht loswerden.

»Ottokar! Ottokar!«, rief sie. »Komm sofort runter, die Biester lassen mich nicht mehr los!«

Petronella kicherte leise. »Lass uns nach Hause fliegen.« Sie öffnete per Zauberstab das Fenster, und bevor es irgendwer bemerkte, flog sie auf Lucius hinaus in die Nacht.

Eine große Überraschung

Lea und Luis waren beim Abendessen ungewöhnlich still.

»Ihr werdet doch nicht krank?« Frau Kuchenbrand sah ihre Kinder besorgt an.

Luis gähnte wie ein Löwe und schüttelte den Kopf.

»Wir sind bloß kaputt«, erklärte Lea und stützte ihr Kinn in die Hand.

»Was habt ihr denn heute so Anstrengendes gemacht?«, fragte ihre Mutter.

»Wir haben Brennholz für das Hex…«

Lea gab ihrem Bruder unter dem Tisch einen kleinen Knuff.

»… äh, für das Osterfeuer gesammelt«, sagte Luis schnell.

»Für das Osterfeuer?«, fragte Herr Kuchenbrand. »Aber Ostern ist doch längst vorbei.«

Lea warf Luis einen bösen Blick zu. »Es ist kein echtes Osterfeuer«, erklärte sie.

»Aber groß wird es schon«, sagte Luis und biss in sein Kressebrot.

»Und wo kann man dieses unechte Osterfeuer bestaunen?«, erkundigte sich ihr Vater.

»Auf der Wiese hinter dem Garten«, gab Luis Auskunft.

Lea trat ihm kräftig gegen das Schienbein.

»Autsch. Was soll das?« Ihr Bruder sah sie empört an.

»Das ist doch sicher die Idee unserer Nachbarin«, sagte Frau Kuchenbrand.

»Bestimmt«, lachte ihr Mann. »Frau Apfelmus ist immer für eine Überraschung gut.«

Luis schob sich den letzten Bissen in den Mund und trank seinen Kakao in einem Zug aus. »Ich bin total platt!«, sagte er und stand auf.

»Ich will mich auch gleich hinlegen«, erklärte Lea.

»Dann schlaft schön«, antworteten ihre Eltern.

Lea marschierte hinter ihrem Bruder her ins Kinderzimmer. »Warum hast du von dem Feuer erzählt?!«, rief sie, kaum dass sie die Tür hinter sich geschlossen hatte.

»Weil sie gefragt haben«, antwortete Luis.

»Du hättest dich beinah verplappert!«, schimpfte seine Schwester.

»Hab ich aber nicht! Und jetzt bleib mal locker. Es ist nichts passiert. Sie werden das Feuer sowieso sehen, wenn es brennt. Und dann ist es besser, sie glauben, dass sie wissen, was da los ist. Stell dir bloß vor, Mama und Papa gehen nachgucken und stolpern über die Oberhexe.«

Lea starrte ihren Bruder mit offenem Mund an. Dann nickte sie. »Vielleicht hast du recht.«

Luis grinste. »Siehst du. Wie gut, dass ich ihnen von dem Feuer erzählt habe.«

Petronella schlief in dieser Nacht so tief und fest wie ein Murmeltier. Sie wurde erst wach, als jemand energisch gegen ihre Haustür klopfte.

»Ich komme ja schon!«, rief sie, als das Klopfen immer lauter wurde. Überhaupt erinnerte sie dieser Trommelwirbel eher an einen wütenden Specht als an einen freundlichen Besucher. Hastig warf sie sich ihren Morgenmantel über und öffnete die Haustür. Gleich darauf fuhr sie erschrocken zurück. Der Poststorch, der da so kräftig gegen ihre Haustür hämmerte, hätte sie beinah in die Nase gepickt.

»Petronella Apfelmus?«, erkundigte er sich streng.

»Das bin ich«, erwiderte die kleine Hexe.

»Ich habe hier wichtige Post aus den Hexensümpfen!«

»Von Pestilla?«, rief Petronella erstaunt und nahm den magischen Umschlag neugierig entgegen.

»Wenn Sie hier unterschreiben würden«, klapperte der Poststorch.

»Natürlich.« Petronella kritzelte ihren Namen auf die Empfangsquittung.

»Vielen Dank!« Der Storch stieß sich von dem Ast vor ihrer Haustür ab und flog mit wichtiger Miene davon.

»Post?«, fragte Lucius gähnend und sah Petronella über die Schulter.

»Und was für welche! Die Oberhexe hat mir persönlich geschrieben.« Petronella warf den Brief auf den Tisch und sauste in ihr Schlafzimmer, um sich anzuziehen. Einen so wichtigen Brief wollte sie nicht im Pyjama lesen. Eine Minute später war sie wieder zurück.

Derweil betrachtete Lucius den Brief ehrfürchtig. Das rote Siegel zeigte einen Drachenkopf, der hin und wieder kleine Feuerbälle spuckte. »Soll ich einen Brieföffner holen?«, erkundigte sich der Hirschkäfer.

Petronella lachte. »Das würde nichts bringen. Magische Briefe lassen sich nur mit Zauberei öffnen.« Mit diesen Worten griff sie nach ihrem Zauberstab und tippte damit auf die Drachenschnauze. Kaum hatte sie das Siegel berührt, entfaltete sich das Papier wie von Geisterhand. Petronella überflog hastig die Zeilen. Dann starrte sie ihren Freund wortlos an.

»Was ist los?«, rief Lucius erschrocken.

Petronella schüttelte den Kopf und reichte ihm den Brief. »Du musst nur den vorletzten Satz lesen«, krächzte sie.

Lucius räusperte sich. »›… deshalb teilen wir Ihnen mit, dass Sie vom Hexenrat für die Auszeichnung mit dem goldenen Hexenzopf vorgeschlagen wurden.‹ Eine Auszeichnung? Das ist ja wunderbar!«, freute sich der Käfer. »Da musst du in diesem Jahr einiges richtig gemacht haben.«

»Das ist nicht irgendeine Auszeichnung … das ist DIE Auszeichnung, Luzilein!«, jubelte Petronella. »Sie bedeutet, dass ich irgendwann vielleicht selbst in den Hexenrat aufgenommen werde! Und das ist eine enorme Verantwortung.« Die kleine Hexe strahlte vor lauter Glück. »Ich habe gar nicht gewusst, dass die Oberhexe so große Stücke auf mich hält.«

»Verdient hast du es«, summte der Käfer.

In diesem Moment füllte sich Petronellas Kristallkugel mit grauem Rauch, und das Geräusch von prasselndem Regen erfüllte den Raum.

»Das sind meine Schwestern!«, rief die Apfelhexe und setzte sich vor ihre Zauberkugel. Mit einem Wisch schob sie den Nebel darin beiseite. Und da waren sie. Alle drei. Wilma, Merlina und Belinda – ihre Schwes-

tern, die Wetterhexen. Sie drängten sich vor der Kristallkugel und hatten ein breites Grinsen im Gesicht.

»Herzlichen Glückwunsch, liebe Schwester! Herzlichen Glückwunsch!«, riefen sie laut durcheinander. Wilma, die Älteste, schob die anderen zur Seite. »Was hören meine entzündeten Ohren?«, krächzte sie munter. »Man hat dich für den goldenen Hexenzopf vorgeschlagen?«

Merlina und Belinda klatschten begeistert in die Hände. »Ich habe schon immer gewusst, dass eine von uns das Zeug dazu hat«, schwärmte Belinda.

»Wir sind stolz auf dich, Schwesterchen!«, rief Merlina.

Petronella strahlte mit ihren Schwestern um die Wette. »Ich glaube es erst, wenn mir die Oberhexe persönlich den Zopf ansteckt«, lachte sie.

»Und das wird schon sehr bald passieren«, versprach Wilma.

»Wir werden rechtzeitig zum Fest da sein!«, rief Merlina. »Dürfen wir wieder in deinem Wohnwagen übernachten?«

»Natürlich. Und Pfannkuchen mit Brombeergelee gibt es gratis dazu«, versprach Petronella.

»Wir freuen uns schon darauf. Bis dann!« Die drei Hexen winkten Petronella fröhlich zu. Dann fing es in der Kristallkugel an zu schneien, und das Gespräch war beendet.

»Die Nachricht scheint sich wie ein Lauffeuer zu verbreiten«, meinte Lucius. »Dabei soll es doch bis zum Fest ein Geheimnis bleiben.«

»Das hat noch nie geklappt«, lachte Petronella. »Warum soll es in diesem Jahr anders sein?«

Als Lea und Luis an diesem Morgen auf die große Wiese kamen, waren die Apfelmännchen längst bei der Arbeit. Und die Gartenzwerge waren auch schon da gewesen. Enttäuscht sahen die Kinder auf den Leiterwagen voller Sturmholz, den die Zwerge dagelassen hatten.

»Schade. Ich hätte Gambur so gerne wiedergesehen«, bedauerte Lea.

»Ich auch«, meinte Luis. Dann zeigte er auf den Wagen. »Die Zwerge müssen wirklich unheimlich stark sein. Sieh dir bloß das Holz an, da sind ja halbe Baumstämme dabei.«

»Sehr richtig«, sagte Gurkenhut, der gerade vorbeikam. »Es gibt mehr als genug zu tun. Die Stämme müssen zersägt und auf den Holzstapel für das Feuer geworfen werden.«

Während Spargelzahn und Rübenbach das Holz sägten, trugen die Zwillinge und die übrigen Apfelmännchen es unermüdlich auf den großen Stapel. Da kam plötzlich eine Krähe über die Wiese geflogen und landete in den Zweigen der alten Rotbuche.

»Bist du aber ein hübscher Vogel«, lachte Lea und trug einen weiteren Arm voller Reiser zum Holzstapel. »Wenn du willst, darfst du uns gerne helfen.«

Doch die Krähe rührte sich nicht. Sie saß einfach auf ihrem Ast und starrte das Mädchen unverwandt an.

Spionin im Anflug

Lautes Käferbrummen ertönte, und Petronella landete neben Gurkenhut und den Kindern im Gras. Die Apfelhexe rutschte vom Rücken des Käfers und schüttelte die silbernen Apfelkerne in ihrer Jackentasche.

»Petronella!«, riefen die Zwillinge erfreut.

»Schau mal, wie viel Holz wir schon aufgeschichtet haben. Das wird ein absolut erstklassiges Hexenfeuer!«, freute sich Luis.

»Falls du uns helfen willst, kommst du ungefähr einen ganzen Tag zu spät«, meinte Lea. »Das Hexenfeuer ist so gut wie fertig.«

»Dafür habt ihr etwas gut bei mir«, meinte ihre Freundin. »Aber eigentlich bin ich nicht gekommen, um euch zu helfen, sondern ...« Sie machte eine bedeutungsvolle Pause. »Ich bin gekommen, um euch zu erzählen, dass ich für den goldenen Hexenzopf vorgeschlagen bin!«

»Goldener Hexenzopf? Was ist das denn?«, fragte Luis verdutzt.

»Krah!«, tönte es da wütend aus dem Baum.

»Siehst du, die Krähe freut sich auch«, schmunzelte Lea.

Jetzt sahen alle nach oben, und Gurkenhuts Gesicht verdunkelte sich. »Das ist keine Krähe!«, schimpfte er. »Das ist Hexobine Höckerbein. Die größte Klatschtante weit und breit.«

Die Krähe breitete die Flügel aus und segelte zu ihnen herab auf die Wiese. Kurz vor der Landung machte es puff – und tatsächlich verwandelte sich der Rabenvogel in eine Hexe.

Verblüfft starrten die Zwillinge sie an. »Sie sind das?!«, rief Lea.

Denn Hexe Höckerbein war für die Kinder keine Fremde. Sie hatten sie bereits bei einer anderen Gelegenheit kennengelernt und wussten genau, was für eine missgünstige Person sie war.

»Ja, ich bin es«, krächzte die Hexe. »Wen hast du erwartet, vielleicht den Osterhasen?« Sie lachte keckernd über diesen kleinen Scherz.

»Was willst du hier?«, erkundigte sich Petronella. »Das Fest findet erst morgen Abend statt.«

Hexobine lächelte freundlich. »Du fragst mich, was ich hier will? Aber meine Liebe, ich will dir natürlich gratulieren. Die Spatzen pfeifen es ja bereits von

den Dächern. Du bist für den goldenen Hexenzopf vorgeschlagen … was für eine Ehre! Um ehrlich zu sein, ich konnte es kaum glauben, als mir die Sumpfhexen davon erzählt haben. Wer hätte gedacht, dass eine einfache Gurken-, äh, ich meine Gartenhexe wie du von Pestilla und den übrigen Ratsmitgliedern für würdig befunden würde?«

»Du bist ja nur neidisch!«, rief Spargelzahn.

»Neidisch …? Iiich …? So ein Unsinn, du Astgabel!«

Petronella runzelte die Stirn. »Besser, du gehst jetzt, Hexobine …«

»Genau das habe ich vor!« Hexobine lächelte giftig. Neben dem Holzstapel blieb sie stehen und drehte sich noch einmal um. »Wie fleißig ihr wart. Das wird bestimmt ein schönes Hexenfeuer. Ich freue mich schon auf morgen!« Und mit diesen Worten stemmte sie die Absätze ihrer Hexenschuhe in den Boden und fing an sich zu drehen. Schneller und immer schneller.

Lea wurde allein durch das Hinsehen schwindelig.

»Untersteh dich!«, rief Petronella.

»Hinter den Baum!«, schrie Gurkenhut.

Petronella und die Apfelmännchen zogen die Kinder blitzschnell hinter den Stamm der Rotbuche. Denn was jetzt geschah, war wirklich unglaublich. Hexobine drehte sich so schnell im Kreis, bis sie sich in eine Windhose verwandelte. Dann stieg sie hoch in die Luft und fegte über die Wiese davon.

Wie Streichhölzer wirbelte das Feuerholz durch die

Luft und verteilte sich über die ganze Wiese. Nur die mächtige Baumkrone und Petronellas Zauberstab schützten die Freunde vor herabfallenden Ästen. Schließlich legte der Wind sich, und alle sahen sich bestürzt an.

»W... w... was war das?«, stammelte Luis verdutzt.

»Das war Hexobine Höckerbein, wie sie leibt und lebt«, schnaubte Gurkenhut. »Eine widerliche Spionin!«

Petronella nickte. »Sie versteht sich ganz ausgezeichnet auf das Reisen in Wirbelstürmen.«

»Das Reisen in Wirbelstürmen?«, rief Lea ungläubig.

»Wow«, sagte Luis.

»Ich hoffe, sie hat euch nicht gar zu sehr erschreckt?« Petronella sah die Kinder forschend an.

»Nein. Wir haben so was nur noch nie gesehen«, sagte Lea.

»Passiert ja auch nicht alle Tage«, grinste Spargelzahn und spuckte in die Hände. »Worauf wartet ihr? Lasst uns das Holz wieder zusammentragen!«

»Nicht im Ernst, oder?«, fragte Luis.

»Voller Ernst!«, erwiderte Spargelzahn und bückte sich nach dem ersten Ast.

»Leider«, grummelten Karottenwams und Bohnenhals.

»Aber … aber kann Petronella das nicht in Ordnung zaubern?«, rief Luis.

Die Apfelhexe seufzte. »Leider nicht. Laut Hexenverordnung ist es strengstens verboten, ein Hexenfeuer mit Hilfe von Zauberei zu errichten.«

»Also … An die Arbeit!« Spargelzahn gab Luis einen freundlichen kleinen Knuff.

»Das hat die olle Höckerbein bestimmt mit Absicht gemacht«, knirschte Lea.

»Logisch«, knurrte Rübenbach und machte sich ebenfalls an die Arbeit.

»Was hat es eigentlich mit diesem goldenen Hexenzopf auf sich?«, erkundigte sich Lea, während sie neben Petronella das Holz einsammelte.

»Das ist so ziemlich die wichtigste Auszeichnung, die der Hexenrat vergeben kann«, erklärte die Apfelhexe. »Nur Hexen, die mit dem goldenen Hexenzopf ausgezeichnet werden, haben später die Chance, selbst einmal im Hexenrat zu sitzen.«

»Und du wurdest für den Hexenzopf vorgeschlagen!« Lea sah Petronella bewundernd an.

Die Apfelhexe lachte. »Du brauchst gar nicht so zu

gucken. Erstens habe ich die Auszeichnung noch nicht, und zweitens wird es noch viele Jahre dauern, bis im Hexenrat ein Platz frei wird.«

»Wie viele Hexen sitzen denn im Hexenrat?«, fragte Luis. Er hatte natürlich die Ohren gespitzt.

»Es sind zwölf Hexen und die Oberhexe. Also dreizehn.« Petronella warf schwungvoll einen Armvoll Äste auf den Holzstoß.

»Und warum wird man ausgerechnet mit einem Zopf ausgezeichnet?«, wollte Lea wissen.

»Der goldene Hexenzopf ist eines der wertvollsten Dinge, die wir Hexen besitzen. Er ist ein Zeichen für Mut und Entschlossenheit«, sagte Petronella, »und seine Bedeutung geht zurück auf Belladonna die Große. Sie ist eine Legende in Hexenkreisen. Es gab nämlich eine Zeit, in der sich Hexen und Zauberer bis aufs Blut bekämpften. Belladonna hat diesen Kampf sehr mutig geführt und rettete ihre Hexenschwestern aus manch brenzliger Situation. Sie selbst hatte allerdings nicht so viel Glück. Eines Tages wurde sie vom bösen Zauberer Eusebius Eisenbein besiegt und in einen finsteren Kerker geworfen. Von dort gab es kein Entkommen. Denn der listige Zauberer hatte seine Burg mit einem magischen Kreis geschützt. Doch Belladonna kannte das Geheimnis des Zaubers. Also schnitt sie sich kurzerhand ihren schönen rotgoldenen Zopf ab und konnte so aus dem Kerker des bösen Zauberers fliehen. Die einen sagen, dass sie fliehen konnte, weil sie ihren Zopf zurückließ und damit die magische Barriere überwand. Die anderen glauben, dass sie mit ihrem dicken Zopf einfach nicht durch die Gitterstäbe des Kerkers passte. Was davon stimmt, weiß heute niemand mehr. Aber dem Zopf werden seitdem magische Kräfte zugesprochen. Er soll seine Trägerin vor Unfällen schützen und sogar ihre Zauberkraft verstärken.«

»Oh, so einen Zopf hätte ich auch gerne!«, platzte Luis heraus.

»Ich auch«, sagte Lea. »Aber wenn es nur einen Zopf gibt, dann muss man ihn ja schon bald weitergeben.«

Petronella lachte. »Es gibt wirklich nur einen einzigen Zopf. Aber den Klopfern reichen schon drei kleine Haare daraus aus, um ein wundervolles Schmuckstück zu machen.«

»Was sind Klopfer?«, fragte Luis.

»Zwerge«, antwortete Petronella. »Sie leben tief im Innern der Berge und sind wahre Künstler. Es gibt keine besseren Goldschmiede als die Klopfer.«

»Lea! Luis!«, klang es in diesem Moment aus der Richtung des Müllerhauses.

»Das ist Papa!«, rief Lea.

»Dann seht schnell nach, was er will. Und vielen Dank für eure Hilfe!«

Die Zwillinge sahen betrübt auf die vielen Zweige, die noch immer herumlagen.

»Lauft schon«, lächelte Gurkenhut. »Den Rest schaffen wir alleine.«

Die Kinder winkten ihren Freunden zu und liefen über die Wiese zurück in den Garten. An der Pforte wurden sie schon von ihrem Vater erwartet.

»Was gibt's, Paps?«, schnaufte Lea.

»Ja, was ist los?«, fragte Luis.

»Wir haben uns Sorgen gemacht, habt ihr denn nicht die Windhose bemerkt, die durch den Garten gefegt ist?«

»Doch, die haben wir gesehen. Ist etwas kaputtgegangen?«, fragte Lea.

»Zum Glück nicht«, sagte ihr Vater. »Ich musste bloß ein paar Tischdecken aus den Bäumen fischen.«

Die drei gingen gemeinsam zurück zum Müllerhaus. »Sagt mal, habt ihr heute Nachmittag nicht ein bisschen Zeit, um im Café auszuhelfen? Wir sind fast ausgebucht, und jetzt haben sich auch noch irgendwelche Knusperhexen angekündigt.«

»Knusperhexen?« Die Kinder sahen ihren Vater erstaunt an.

»Soweit ich weiß, handelt es sich dabei um einen Haufen Kegelschwestern. Sie feiern ihr zehnjähriges Bestehen.«

»Ach so.« Die Zwillinge tauschten einen kurzen Blick. So richtig Lust, schon wieder auszuhelfen, hatten sie nicht. Trotzdem sagten sie ihrem Vater zu.

»Super! Ich wusste, dass ich mich auf euch verlassen kann«, strahlte der. »Dafür gehen wir am Wochenende ins Schwimmbad, und ihr dürft euch so viele Pommes holen, wie ihr wollt.«

Ein glücklicher Zufall

Die Zwillinge halfen den ganzen Nachmittag im Café, und in dieser Zeit machten die Knusperhexen ihrem Namen alle Ehre. Sie kamen in Hut und Hexenmänteln und waren so ausgelassen, dass sich die übrigen Gäste immer wieder zu ihnen umdrehten.

Lea und Luis waren wie immer sehr professionell. Sie nahmen Bestellungen entgegen, bedienten die Gäste und freuten sich über das Trinkgeld, mit dem sie ihr Taschengeld aufbessern konnten.

»Schluss für heute!«, rief ihr Vater, nachdem die letzten Gäste gegangen waren.

»Ihr wart eine große Hilfe!«, lobte ihre Mutter. »Ich weiß nicht, was wir ohne euch gemacht hätten.«

Lea und Luis strahlten. »Wir helfen euch gerne. Es darf nur nicht zu oft vorkommen.«

»Versprochen«, sagte ihr Vater und fing an, die Tische abzuwischen. In diesem Moment klingelte das Telefon.

»Café zur Zaubermühle!«, meldete sich ihre Mutter. »Ach, das ist aber ärgerlich. Einen Augenblick …« Frau Kuchenbrand schaute an die Garderobe. »Ja, die

Mäntel sind hier … Nein, kein Problem. Ich nehme sie mit nach hinten … Wir haben an sechs Tagen der Woche geöffnet. Gerne … Bis dann!«

Herr Kuchenbrand und die Kinder sahen sie fragend an.

»Das war Frau Klatte von den Knusperhexen. Zwei von ihnen haben ihre Mäntel vergessen.«

Lea und Luis tauschten einen Blick. »Das ist die Gelegenheit«, flüsterte Luis.

»Ich weiß nicht«, flüsterte Lea zurück.

»Kinder, seid so gut, und hängt die Mäntel in den Schrank. Frau Klatte sagt, sie schafft es vermutlich erst am Wochenende, sie abzuholen.«

»Machen wir, Mama.« Luis grinste. »Sehr gerne.«

»Das ist ja Zauberei«, kicherte Lea. »Wir wollen auf ein Hexenfest, und hier hängen zwei Mäntel.«

»Die sehen richtig echt aus«, sagte Luis und strich über den glatten Stoff des einen Mantels, der mit großen und kleinen Kreisen bestickt war.

»Die lassen sich ihre Kostüme auch richtig was kosten«, sagte ihr Vater und stellte den restlichen Kuchen in die Kühlung.

»Die Mäntel sind ziemlich lang«, stellte Lea skeptisch fest.

»Lasst sie nicht über den Boden schleifen!«, rief ihre Mutter.

»Keine Sorge, wir passen schon auf.« Zusammen trugen die Kinder die Mäntel nach hinten und hängten sie in den großen Schrank. Luis huschte zur Tür und spähte ins Café. »Mama und Papa räumen noch auf«, flüsterte er. »Lass uns die Mäntel schon mal anprobieren.«

Die Zwillinge schlüpften hinein und sahen sich an. »Hm, wirklich etwas lang«, meinte Lea.

»Es geht«, fand Luis. »Die reichen ja nicht mal bis zum Boden.«

»Ich weiß nicht …« Dann hatte Lea eine Idee. »Wir binden uns Gürtel um, so können wir den Stoff etwas hochschieben.«

Luis gab das »Daumen hoch«-Zeichen. »Gute Idee!«

Auf der großen Wiese waren die magischen Gartenbewohner inzwischen mit dem Aufschichten des Holzes für das Hexenfeuer fertig.

»Diese Hexobine ist die missgünstigste Person, die ich kenne«, schimpfte Lucius.

»Das stimmt«, seufzte Petronella. »Aber ich habe keine Zeit, mir darüber Gedanken zu machen. Wenn bis morgen Abend alles fertig sein soll, müssen wir uns beeilen.«

»Auch das ist allein Hexobines Schuld«, grummelte Lucius.

»Gurkenhut sagt, es hätten sich siebenundzwanzig Hexen für die Marktstände angemeldet. Ich muss sehen, dass ich einen passenden Zauberspruch finde, mit dem ich die Hütten herbeihexen kann. Die Apfelmännchen haben schon genug mit Pestillas Thron zu tun. Er soll aus Bratwurst sein.«

»Aus Bratwurst? Ist sie nicht ganz bei Trost?«, rief Lucius.

»Du hast völlig recht. Sie bekommt einen aus Besenstielen. Wie es sich gehört«, nickte Petronella grimmig. »Sie wird bei all dem Trubel sowieso nicht merken, worauf sie sitzt.«

Und während die Apfelmännchen fleißig am Thron der Oberhexe werkelten, düste Petronella auf Lucius' Rücken nach Hause, um nach einem geeigneten Zauberspruch für die Marktstände zu suchen.

Schon von Weitem sahen sie, dass die kleine Haselmaus auf dem Ast vor Petronellas Haustür saß. Lucius flog eine Kurve und landete dann mit tiefem Gebrumm neben der Maus. Sofort sprang Petronella vom Rücken des Käfers.

»Zähnchen!«, rief sie. »Was machst du denn hier?«

»Wir waren für heute verabredet! Erinnerst du dich nicht mehr?«

»Natürlich. Entschuldige!«, sagte die Apfelhexe und öffnete die Tür zu ihrem Haus. »Komm bitte rein. Wie geht es deiner Schwanzspitze?«

»Keine Ahnung. Die ist ja in der Falle geblieben«, piepste die Maus bekümmert.

Petronella seufzte. Haselmäuse waren manchmal ein bisschen kompliziert. »Du hast ja recht. Also, wie geht es deinem Mauseschwanz, ohne die Schwanzspitze?«

Die Haselmaus huschte an Petronella vorbei ins Wohnzimmer und sprang mit einem Satz auf den Tisch. »Es tut noch immer ziemlich weh. Trotz der Salbe, mit der du mich verarztet hast.«

Petronella sah sich die Sache an. »Kein Wunder. Der Verband ist ganz locker und völlig verrutscht.« Die kleine Hexe holte ihre Arzttasche und fing an, die Wunde zu säubern.

»Autsch! Das zwiebelt aber!«, beschwerte sich die Maus.

»Du hast es gleich geschafft«, beruhigte Petronella sie und strich eine apfelgrüne Salbe auf die schmerzende Stelle.

»So ist es besser!«, seufzte die Maus.

Jetzt wickelte Petronella noch einen Verband darum. Dann war die Maus verarztet.

»Du darfst nur nicht zwischen den Brombeerranken herumturnen, verstanden?«, sagte Petronella streng.

Die Maus nickte.

»Gut. Dann sehen wir uns in ein paar Tagen wieder.«

»Hab vielen Dank!«, piepste die kleine Maus. Sie ließ

sich von Petronella vom Tisch helfen und machte sich vorsichtig auf den Heimweg.

Petronella sah ihr kurz nach und nahm dann ihr dickes Zauberbuch aus dem Regal. Nanu? Sie runzelte die Stirn. In einer Seite war ein Eselsohr. Sie strich dreimal mit der flachen Hand darüber, und die Stelle glättete sich. Dann fing sie an, nach dem richtigen Zauber zu suchen.

»Ich bin sicher, dass es in diesem Buch einen Budenzauber gibt«, murmelte sie. Sie blätterte vor und wieder zurück.

»Na also. Da ist er doch! Lucius, Lucius! Bring mich schnell auf die Wiese, bevor ich den Zauberspruch wieder vergesse.«

»Steig auf«, summte der Hirschkäfer. »Aber eines sage ich dir: Nach diesem Fest mache ich erst mal drei Wochen Urlaub!«

»Ich auch, mein Lieber«, lachte Petronella.

Schon wenig später waren sie zurück auf der Festwiese.

»Na, hast du einen brauchbaren Zauberspruch gefunden, oder müssen wir die Marktstände auch noch bauen?«, fragte Spargelzahn.

»Nicht nötig. Ich kann euch ein paar hübsche Buden herbeizaubern«, beruhigte ihn Petronella.

»Sehr schön. Der Thron für die Oberhexe ist fast fertig. Wir sind gespannt, wie er dir gefällt.«

Petronella und Lucius folgten Spargelzahn über die Wiese. Dann blieben sie wie angewurzelt stehen. Die Apfelmännchen waren wahre Meister. Sie hatten einen Thron aus Besenstielen gezimmert, wie er schöner nicht sein konnte. Groß und stabil sah er aus. Mit einer aus Holz geschnitzten Fledermaus als Rückenlehne.

Gespannt sahen die Apfelmännchen Petronella an.

»Ist der aber schön geworden«, staunte die kleine Hexe.

»Setz dich mal drauf!«, forderte Gurkenhut sie auf.

Petronella stieg auf den Thron und setzte sich auf das rote Kissen, an das die Apfelmännchen auch noch gedacht hatten.

»Und …? Was sagst du …?«

»Wunderbar!«, lachte die Apfelhexe. »Wenn dieser Thron der Oberhexe nicht gefällt, dann ist sie selbst Schuld.«

In diesem Moment rumpelte ein Pferdewagen über die Wiese.

»Wer kommt denn da?«, wunderte sich Petronella.

»Das sind die zwölf Stühle für den Hexenrat, die ich bei den Zwergen bestellt habe«, erklärte Gurkenhut.

»Heho!«, grüßten die beiden Kutscher.

»Heho!«, antwortete Petronella.

»Wohin mit den Stühlen?«

»Ladet sie einfach hier ab. Um den Rest kümmern wir uns«, gab Gurkenhut Bescheid.

Die Zwerge luden die Stühle ab, tippten sich an die Zipfelmützen und zuckelten mit ihrem struppigen Pony wieder davon.

»Jetzt fehlen nur noch die Zelte, dann ist alles bereit«, sagte Rübenbach.

»Um die kümmere ich mich«, antwortete Petronella.

»Geht mal ein Stück zur Seite. Denn gleich wird es Hexenbuden regnen.«

Mit einem Satz sprangen die Apfelmännchen unter die große Buche.

Petronella zückte ihren Zauberstab.

»Hokuspokus Hopsassa,
Hexentanz, ganz wunderbar.
Schräge Dächer und drei Wände,
dunkle Wolken ohne Ende.
Wetterhahn und Regentruden,
regnen soll es Hexenbuden!«

Ein Pfeifen und ein Brausen stieg um sie auf. Und dann fing es tatsächlich an zu regnen. Doch es fielen keine Regentropfen vom Himmel, sondern Buden und Hexenzelte. Leicht wie Federn tanzten sie im Wind und landeten sanft auf der Wiese.

Zufrieden sah sich Petronella ihren Zauber an.

»Bravo!«, riefen die Apfelmännchen. »Das hast du gut hingekriegt. Jetzt kann das Hexenfest kommen!«

»Hoffentlich hält das Wetter«, sagte Spargelzahn mit einem Blick in den Himmel.

»Das wird es«, antwortete Petronella. »Ich habe bei meinen Schwestern eine wolkenlose, sternenglitzrige Nacht bestellt.«

Der Schleier der Täuschung

Als die Zwillinge am nächsten Tag aus der Schule kamen, schlichen sie sich gleich ins Café, um die Hexenmäntel zu holen.

»Pass auf, dass Papa uns nicht sieht!«, warnte Luis.

»Ach was, er macht gerade Teig für die Windbeutel.« Lea rollte die beiden Mäntel zusammen und klemmte sie sich unter den Arm. Dann flitzten sie zurück ins Müllerhaus.

»Wie war's heute in der Schule?«, erkundigte sich ihre Mutter. Sie saß im Wohnzimmer und machte die Buchhaltung.

»Bring schnell die Mäntel in unser Zimmer!«, zischelte Luis. »Ich rede mit ihr.«

Lea lief ins Kinderzimmer und versteckte die Mäntel unter dem Bett, während Luis zu seiner Mutter ins Wohnzimmer ging.

»Hallo, Mama! Die Schule war ganz okay. Wir haben jede Menge kleine Hexen gebastelt, weil doch bald Walpurgisnacht ist.«

»Habt ihr uns welche mitgebracht?«

»Nee, die hängen in unserem Klassenzimmer.«

»Schade, im Café hätten sie sich bestimmt auch gut gemacht.« Seine Mutter sah ihn an. »Was meinst du, könntet ihr nicht vielleicht noch ein paar Brockenhexen mehr basteln?«

»Das geht leider nicht«, sagte Luis. »Die dauern nämlich ganz schön lange.«

»Hallo, Mama.« Jetzt kam Lea auch dazu. »Was gibt's denn zu essen?«

»Auf dem Herd steht Gemüsesuppe. Und euer Vater hat heute Morgen frisches Brot gebacken. Ihr müsst heute ausnahmsweise allein essen. Ich muss das hier noch zu Ende machen.«

»Kein Problem.« Die Zwillinge verzogen sich in die Küche und löffelten ihre Suppe.

»Hast du dir schon überlegt, was wir uns auf den Kopf setzen können?«, schmatzte Luis.

»Ich habe noch meinen alten Hexenhut. Der sieht fast so aus wie der Hut von Petronella.«

Luis runzelte die Stirn. »Und was ist mit mir?«

Lea sah ihren Bruder nachdenklich an. »Du bräuchtest so einen hohen spitzen Hut, wie ihn Zauberer tragen.«

»Hab ich aber nicht …«

»Oder du setzt dir einfach eine Mütze auf.«

»Quatsch. Weißt du was? Ich setze mir eine Kapuze auf, oder ich wickle mir ein paar Mullbinden um den Kopf wie bei einer Mumie.«

»Dann lieber die Kapuze«, meinte Lea, während sie ihren Teller in den Geschirrspüler stellte. »Ich gehe jetzt zur Wiese. Mal sehen, wie weit Petronella und die Apfelmännchen schon sind.«

»Warte, ich komme mit!«, rief Luis und lief seiner Schwester hinterher.

Petronella stand unter der Rotbuche und schaute zufrieden über die Wiese. Ein zarter Schleier der Täuschung lag über dem Festplatz, um ihn vor neugierigen Blicken zu schützen. Wenn später die Hexen anreisten, würden sie stärkere Geschütze auffahren müssen. Eine magische Barriere sollte verhindern, dass sich nichtsahnende Besucher auf die Wiese verirrten. Schließlich war es ein waschechtes Hexenfest, und da kamen nicht nur die gemütlichen Kornmuhmen. Auch Sumpf- und Moorhexen würden da sein, und es war bekannt, dass sie gerne tüchtig feierten.

»Ich glaube, wir werden uns als Gastgeber nicht blamieren«, nickte die Apfelhexe zufrieden.

»Natürlich werden wir uns nicht blamieren. Das wäre ja noch schöner«, brummte Gurkenhut.

»Ist ja genug Arbeit gewesen«, meinte Rübenbach. »Spargelzahn stellt gerade die letzten Feuerkörbe auf. Und Karottenwams richtet unseren eigenen Marktstand her.«

»Wir haben uns das Fest redlich verdient«, fand auch Petronella.

In diesem Moment kamen die Zwillinge auf die Wiese. Freudig zwängten sie sich durch die Pforte und blieben dann wie angewurzelt stehen.

»Nanu? Wo ist denn der große Holzstapel?«, wunderte sich Lea. »Sie haben ihn noch gar nicht wieder aufgeschichtet.«

»Also, ich helfe nicht mehr mit«, meinte Luis.

»Ich möchte bloß wissen, wie sie damit bis heute Abend fertigwerden wollen.« Lea sah ehrlich enttäuscht aus.

»Dahinten sind Petronella und die anderen!«, rief Luis. Die Zwillinge rannten über die Wiese zur alten Buche.

»Ihr habt ja noch gar nichts geschafft«, keuchte Lea als sie ankamen.

Belustigt sahen die anderen sie an.

»Was soll das heißen, wir hätten nichts geschafft?«,

fragte Spargelzahn und versuchte, sich das Lachen zu verkneifen.

»Es ist alles fertig. Oder habt ihr vielleicht Tomaten auf den Augen?«, grinste Rübenbach.

»Oder Gurkenscheiben?«, kicherte Karottenwams.

»Hihihi und hohoho!«, lachten alle zusammen. Sogar Petronella lachte mit.

»Sehr lustig«, murrten Lea und Luis verärgert. »Und jetzt sagt schon, was habt ihr mit dem Feuerholz gemacht? – Oder findet das Fest etwa gar nicht mehr auf der Wiese statt?«

»Seht euch doch mal genau um«, schlug Lucius vor.

»Haben wir schon, aber da ist nichts«, sagte Luis.

»Wirklich?«, fragte Petronella. »Dann schaut trotzdem noch einmal ganz genau. Seht ihr wirklich nichts?«

»Es ist ein bisschen nebelig«, gab Lea zu.

»Und welche Farbe hat der Nebel?«

»Weiß und ein kleines bisschen golden«, fand Luis.

»Na also. Wir Hexen nennen den Nebel den Schleier der Täuschung«, erklärte Petronella. »Es ist ein recht einfacher Zauber, damit die Menschen unsere Geheimnisse nicht sofort entdecken.«

»Leider hält er nicht lange an. Er ist genauso flüchtig wie echter Nebel«, bestätigte Spargelzahn.

»Passt mal auf!« Petronella blies ihren Atem ganz sanft über die Wiese, und der Schleier der Täuschung löste sich auf. Zum Vorschein kamen bunte Zelte, Feuerkörbe, der Hexenthron und ein großer Holzstapel.

Lea und Luis rissen vor Staunen die Augen auf. Dann strahlten sie. »Sieht das aber schön aus!«

»Und du bist sicher, dass wir heute Abend nicht dabei sein dürfen?«, wollte Luis wissen.

»Ganz sicher!«, antwortete Petronella. »Es ist viel zu gefährlich. Erinnert ihr euch noch, was mit dem

Jungen passiert ist, der sich heimlich auf ein Hexenfest geschlichen hat?«

»Die Hexen haben ihm die Nase nach oben gedreht«, sagte Luis.

»Und ihm ein Schweineschwänzchen angehext«, ergänzte Lea.

»Stimmt genau. Und damit euch nicht das Gleiche passiert, müsst ihr euch vom Fest fernhalten, verstanden?«

Lea und Luis nickten. Mit hängenden Köpfen trotteten sie bald darauf zurück nach Hause.

»Es ist so ungerecht!«, fand Luis. »Jetzt, wo alles fertig ist, sollen wir zu Hause bleiben.«

»Ich bleibe nicht zu Hause!« Lea war fest entschlossen. »Sobald es dunkel wird, schleiche ich mich auf das Fest!«

»Ich auch!«, grinste Luis.

Das Fest beginnt

Die Zeit verging wie im Flug. Schon bald standen die ersten Sterne am Abendhimmel. Höchste Zeit, die magische Barriere rund um die Wiese zu errichten. Eine Barriere, die niemand überwinden konnte, der das Geheimnis nicht kannte.

Die Apfelhexe machte sich sorgfältig zurecht. Sie legte ihr nachtblaues Cape um, das Maia, wie versprochen, rechtzeitig gebracht hatte, und schlüpfte in ihre spitzen Hexenschuhe. Ganz zuletzt setzte sie ihren Hexenhut auf – und dann war sie fertig.

»So kann ich den Hexenzopf in Empfang nehmen«, sagte sie nach einem Blick in den Spiegel.

»Du siehst sehr gut aus«, bestätigte Lucius und putzte sich selbst noch einmal die Fühler.

»Vielen Dank!« Petronella lachte. »Aber jetzt muss ich den Zauberkreis um den Festplatz ziehen. Kein Mensch soll sich dorthin verirren.«

»Das musst du unbedingt«, meinte Gurkenhut, der gerade den Kopf zur Tür hereinsteckte. Auch der Chef der Apfelmännchen hatte sich extra fein gemacht.

Petronella verstaute die silbernen Apfelkerne in ihrem Cape, kletterte schnell die magische Strickleiter herunter und eilte hinüber zum Festplatz.

»Na, wenn das keine Hexenpracht ist«, begrüßte Spargelzahn sie. Er hatte sich genauso in Schale geworfen wie sein Chef.

»Vielen Dank!«, lächelte Petronella, dann lauschte sie. In der Ferne war bereits das Rauschen und Flattern der anreisenden Hexenröcke zu hören. »Sie werden jeden Moment hier sein!«, rief Petronella. »Ist alles bereit?«

Die Apfelmännchen nickten.

»Gut. Dann werde ich jetzt den Bannkreis ziehen.« Petronella nahm ihren Zauberstab zur Hand und zeichnete eine Kompassrose ins Gras. Sie drehte sich ganz langsam einmal um sich selbst und murmelte:

»Regenwand mit Blitz und Donner,
schütze Festplatz, Baum und Feen.
Lass nur magische Geschöpfe
durch dein Zaubertürchen gehn.«

Sie hatte den Zauber kaum ausgesprochen, da zog auch schon ein Unwetter heran und legte sich um die Wiese wie ein dunkler Wolkenkranz. Während über dem

Festplatz weiterhin die Sterne funkelten, fing es rundherum an, Bindfäden zu regnen.

Petronella guckte sehr zufrieden und schob ihren Zauberstab in den Ärmel zurück.

Und dann waren auf einmal die Hexen da. »Hui!« und »Hey!«, riefen sie, als sie in die Wand aus Regen eintauchten und wenig später auf dem Festplatz neben dem knisternden Feuer landeten.

Petronellas Schwestern waren die Ersten, die ankamen. Sie stiegen von ihren Besen, schüttelten die Wassertropfen von ihren Hüten und fielen ihrer Schwester lachend um den Hals. »Wie schön, euch zu sehen!«, freute sich die Apfelhexe.

»Wir sind extra früh aufgebrochen«, erzählte Belinda, die mittlere Schwester. »Du weißt ja, was für eine miserable Besenreiterin Wilma ist.«

»So ein Unsinn!«, ärgerte sich Wilma. »Ich hätte euch über den Alpen fast abgehängt.«

»Hier ist ja noch gar nichts los«, wunderte sich Merlina, die jüngste Schwester.

»Das wird sich jeden Moment ändern«, versprach Petronella.

Und sie behielt recht. Denn schon kamen die Markthexen an. Wie die Raubvögel stießen sie auf ihren Besen vom Himmel herab und stürzten sich auf die freien Marktstände, die Petronella gezaubert hatte.

»Verschwinde! Das ist mein Stand!«, keifte eine grüne Hexe, der Moos auf den Zähnen und aus den Ohren wuchs.

»Verzieh dich selbst!«, kreischte eine kleine Hexe mit kieselgrauem, struppigem Haar.

»Das geht ja gut los«, brummte Lucius.

Gurkenhut nahm sich der Sache sofort an und trennte die beiden Streithähne, bevor sie sich ernsthaft in

die Haare gerieten. »Es sind genügend Marktstände für alle da!«, versicherte er.

Die schimmelgrüne Hexe stemmte angriffslustig die Hände in die Hüften, bis die kleine graue Hexe laut protestierend einen Stand am anderen Ende der Marktgasse bezog.

»Diese Moorhexen machen nichts als Ärger!«, knurrte Gurkenhut.

»Ich habe dich gehört, Apfelmann!«, rief die Moorhexe und breitete ihre Waren in der Auslage aus.

Von jetzt an ging es Schlag auf Schlag. Aus allen Himmelsrichtungen tauchten die Hexen auf ihren Besen auf. Große und kleine, junge und alte Hexen. Das Hexenfeuer knisterte munter, und Petronella wusste, dass es noch hundertmal schöner aussehen würde, wenn es erst richtig dunkel würde.

Plötzlich fing die Luft an zu beben. Durch die magische Schranke donnerte ein goldener Schlitten, der von tausend Fledermäusen gezogen wurde. Pestilla, die Oberhexe, war auf dem Festplatz angekommen.

Vor lauter Freude warfen die Hexen ihre Besen hoch in die Luft. »Wir grüßen dich, Tochter der Nacht!«, lärmten sie.

Die Oberhexe landete ihren Schlitten direkt neben dem Thron und stieg aus. Jetzt konnte das Fest endlich beginnen.

Beim Abendessen sahen Lea und Luis immer wieder aus dem Fenster. Als es endlich dunkel wurde, gähnten sie laut und verabschiedeten sich von ihren Eltern.

»Wir sind hundemüde«, sagte Luis.

»Ich werde schlafen wie ein Stein«, fügte Lea an.

»Nanu, sonst könnt ihr doch gar nicht lange genug aufbleiben«, wunderte sich ihre Mutter.

»Das stimmt. Aber wir sind Kinder und brauchen unseren Schlaf«, erklärte Luis und zog seine Schwester mit sich aus dem Raum.

»Sehr vernünftig«, fand Herr Kuchenbrand. Er stand am Fenster und beobachtete die dunklen Wolken, die gleich hinter dem Mühlteich aufzogen waren. »Hoffentlich zieht das Unwetter vorbei«, murmelte er.

Die Kinder liefen in ihr Zimmer und machten sorgfältig die Tür hinter sich zu.

»Es ist beinah dunkel. Ich glaube, wir können uns auf den Weg machen.« Luis zog seinen Kapuzenpulli an und schlüpfte in den Hexenmantel. »Na, was meinst du?«

Lea sah ihren Bruder skeptisch an. »Du siehst aus wie Luis in einem zu langen Hexenmantel«, fand sie. »Fehlt bloß, dass du vor Petronella auf die Nase fällst. Hier, versuch es doch mal mit einem Gürtel.«

Ihr Bruder band sich den Gürtel um und zog den Mantel ein Stückchen hoch. »Perfekt!«, fand er.

»Fast«, sagte Lea. »Man kann dein Gesicht ganz genau erkennen.«

Luis überlegte einen Moment. Dann fiel ihm der

struppige Schnurrbart in seinem Detektivset ein. Er nahm ihn heraus und klebte sich den falschen Bart an. »Na, wie findest du das?«, fragte er seine Schwester.

»So geht's«, meinte Lea, während sie in den zweiten Hexenmantel schlüpfte. Sie malte sich mit Filzstift dicke Warzen auf Wangen und Kinn und setzte den schicken Hexenhut auf. Zufrieden betrachtete sie sich im Spiegel. »Von mir aus können wir los«, sagte sie.

Ein gefährliches Abenteuer

Leise wie die Katzen schlichen Lea und Luis aus dem Haus und liefen durch den dunklen Garten. Am Mühlteich blieben sie zögernd stehen. Direkt hinter der Pforte, die raus auf die Festwiese führte, regnete es Bindfäden. Wetterleuchten, Hagel und Blitze zuckten aus den dunkelgrauen Wolken.

Die Zwillinge sahen sich an. »Arme Petronella«, sagte Lea. »Sie hat sich solche Mühe gegeben, und jetzt fällt das ganze Fest ins Wasser.«

»Bestimmt hört es gleich wieder auf«, sagte Luis. »Lass uns weitergehen. Vielleicht sagen sie das Fest ab, und wir haben nicht einen einzigen Blick darauf werfen können.«

Entschlossen liefen die Zwillinge auf den Vorhang aus Regen zu. Lea trafen gerade die ersten Tropfen, als sie sich plötzlich die Nase stieß. »Autsch!«, rief sie erschrocken.

»Boah! Was ist das?« Auch Luis hatte sich den Kopf gestoßen. Tastend streckte er die Hände nach dem Regen aus und stutzte. Was er fühlte, war eine kalte, feste

Wand. »Ich glaube, hier ist eine Scheibe oder so etwas«, sagte er.

Und wirklich: Die Wand, die sich im Regen versteckte, war eiskalt und vibrierte ganz leicht unter Leas Händen. Probehalber trat sie mit dem Fuß dagegen. Aber nichts geschah. Jetzt nahm Luis Anlauf und versuchte, die Wand mit der Schulter einzureißen. Umsonst. Es war einfach kein Durchkommen.

»Ob das einer von Petronellas Zaubern ist?«, fragte Lea.

Luis sah sie entsetzt an. »Ein Zauber?! Dann kommen wir da niemals durch.«

»Es ist so gemein!«, schimpfte Lea.

Im selben Moment trat Spargelzahn durch die unsichtbare Wand und hätte sie beinah umgerannt. »Hallo, Kinder!«, rief er und wollte gerade weitereilen, als Luis ihn aufhielt. »Wie hast du das gemacht?«

»Keine Zeit, keine Zeit!«, rief der Apfelmann. »Ich muss Nachschub holen. Die Hexen reißen uns die Sturmwachsperlen für die Rennbesen förmlich aus den Händen.«

»Aber wir müssen unbedingt wissen, wie du durch die unsichtbare Wand gekommen bist!«, rief Lea ihm nach.

Der Apfelmann blieb stehen, zögerte und kam wieder ein paar Schritte zurück. »Ihr kommt nicht durch die Wand, weil ihr keine magischen Wesen seid«, erklärte er.

Enttäuscht sahen die Kinder ihn an. »Gibt es denn keine einzige, klitzekleine Lücke?«

»Tut mir leid. Da ist keine Lücke.« Doch dann huschte ein Lächeln über Spargelzahns Gesicht. »Meine Mutter sagte allerdings immer: Gehst unerkannt durch diese Wand. Lässt du zurück ein einz'ges Stück.« Und mit diesen Worten verschwand der Apfelmann im dunklen Garten.

»Was soll das denn jetzt wieder heißen?«, rief Luis ihm hinterher.

»Lässt du zurück ein einz'ges Stück«, murmelte Lea. Plötzlich lachte sie. »Ist doch babyeinfach. Wir müssen bloß etwas von uns hierlassen, dann können wir die magische Wand überlisten.«

»Echt?«, fragte Luis. »Und was lassen wir hier?«

»Hm.« Lea dachte noch einmal scharf nach und zog ihren Schuh aus. »Also, ich lasse eine Socke hier.«

»Eine stinkige Socke? Und du meinst, das geht?«, rief Luis.

»Sicher«, sagte Lea und warf die Socke hinter sich ins

Gras. Dann ging sie auf die Regenwand zu, und schon war sie – schwupp! – dahinter verschwunden.

»Warte!«, rief Luis. Er zog ebenfalls blitzschnell eine Socke aus und stürzte hinter seiner Schwester her. Der Regen klatschte ihm wie ein nasser Lappen ins Gesicht, doch plötzlich war es vorbei.

Blaues Licht lag über der Festwiese. Das Hexenfeuer knisterte, und Funken stiegen in den dunklen Himmel auf.

»Wow, ist das aber schön!«, staunte Luis. Er war gerade neben seiner Schwester angekommen und wischte sich die Regentropfen aus dem Gesicht.

»Ob Petronella den goldenen Hexenzopf schon bekommen hat?«, flüsterte Lea. Sie stand ein wenig versteckt am Rand der Festwiese.

»Lass uns nachsehen«, schlug Luis vor und zog sich die Kapuze tief ins Gesicht.

Lea rückte ihren Hexenhut zurecht und folgte ihrem Bruder zu den Marktständen. »Wir müssen bloß aufpassen, dass Petronella uns nicht entdeckt.«

»Wird sie schon nicht«, sagte ihr Bruder.

Zwischen den Marktständen und auf der Festwiese herrschte ein ordentliches Gedränge. Die Kinder passten gut auf, den Hexen nicht allzu nah zu kommen. Aber sie betrachteten sie verstohlen aus den Augenwinkeln. Es gab große und kleine Hexen. Manche waren so winzig, dass man aufpassen musste, nicht auf sie zu treten. Andere trugen bunte Röcke und herrliche Gewänder in leuchtenden Farben.

»Schau mal.« Luis stieß seine Schwester an. »Der einen Hexe wächst Moos aus den Ohren.«

Auch Lea war beeindruckt. »Und siehst du die graue Hexe dahinten? Die mit der Wolke über dem Kopf. Über ihr scheint es ständig zu regnen.« Die Zwillinge grinsten.

»Pass auf!« Lea zog ihren Bruder blitzschnell zur Seite. Direkt vor ihnen stritten sich zwei schimmelgrüne Hexen um einen goldenen Armreif, den sie gleichzeitig im Gras entdeckt hatten. Sie spuckten, zogen sich an den Haaren und schlugen mit ihren Besen aufeinander ein.

»Gib ihn her, er gehört mir!«, krähte die eine.

»Finger weg, du freches Stück!«, fauchte die andere.

Die Kinder sahen zu, dass sie weiterkamen. In der Nähe des Feuers nahm eine Koboldkapelle ihre Plätze ein, und ein Trupp Junghexen und Magier kam den Zwillingen mit geschulterten Besen entgegen.

»Sind die nicht cool?«, seufzte Lea. »Ich wünschte, ich hätte auch einen eigenen Hexenbesen.«

»Zaubern müsste man können«, nickte Luis und sah sich um. »Guck mal! Da ist der Stand der Apfelmännchen!«, rief er.

»Pass auf, dass Gurkenhut uns nicht erkennt«, flüsterte Lea und zog sich ihren Hut tiefer ins Gesicht.

Die Kinder sahen sich begeistert auf dem Hexenmarkt um. Hier gab es so viel zu sehen und die abenteuerlichsten Dinge zu kaufen.

Blutwanzenextrakt, Bibertran und Krötenschwanzsuppe waren das eine. Tatzelwürmer, Dracheneier und Zaubernüsse waren die andere Abteilung. Es gab Stände, die Wichtelmützen und Elfenschaukeln feilboten. Und andere, die Seeschneckenbroschen gegen Zauberstäbe tauschten.

»Schade, dass wir kein Geld dabeihaben«, bedauerte Lea. »Ich hätte mir so gerne eine dieser Seeschneckenbroschen gekauft.«

»Hier wird hauptsächlich getauscht«, stellte Luis fest.

»Ich habe aber auch nichts zum Tauschen«, sagte Lea. »Meinen Hut kann ich wohl schlecht abnehmen.«

»Komm weiter!« Ihr Bruder zog sie mit sich fort. »Die zwei Hexen dahinten haben eben so komisch geguckt.«

Lea drehte sich um. Und wirklich. Da standen zwei Windhexen, blass wie das Mondlicht, und schienen sie genau zu beobachten. Die Zwillinge tauchten schnell in der Menge unter. Plötzlich fing neben ihnen eine Hexe an zu schnüffeln. »Pfui Teufel, hier stinkt es nach Käsefüßen!«, rief sie und sah sich suchend um.

»Das sind keine Käsefüße. Es riecht nach Kindern!«, trompetete ihre Nachbarin, eine dicke Kräuterhexe.

»Kinder?!«, riefen die anderen Hexen entsetzt. »Wie fürchterlich! Wo sind die kleinen Biester?« Schnüffelnd sahen sie sich um.

Lea und Luis wurde angst und bange. Sie mussten hier weg, und zwar schnell.

»Da sind sie!« Eine Kaminhexe, von deren angekokeltem Hut kleine Rauchfahnen aufstiegen, stellte sich ihnen in den Weg. Sie breitete die Arme wie ein Sumoringer aus und wollte gerade zugreifen, als die Kinder auch schon unter ihren Armen durchtauchten und im Gedränge verschwanden. Weit kamen sie allerdings nicht.

»Verflixter Zunderschwamm! Lasst sie nicht entkommen!«, schrie die Kaminhexe.

Sofort griffen von allen Seiten Hände nach ihnen. Lea und Luis hatten keine Chance. Die Hexen packten

sie am Kragen und hoben sie wie nasse Säcke in die Luft. Da half auch kein Zappeln und Umsichschlagen.

»Was wollen wir mit ihnen anstellen?«, fragte eine olle Sabberhexe giftig.

»Das, was wir immer mit neugierigen Kindern ma-

chen. Wir drehen ihnen die Nasen um und ziehen ihnen die Ohren lang!«, rief die Kaminhexe.

»Und wir hexen ihnen ein Schweineschwänzchen an!«, keckerte eine winzige Hexe, die kaum größer als ein Eichhörnchen war.

»Aber vorher bringen wir sie zur Oberhexe!«, befahl Hexobine, die plötzlich zwischen ihnen aufgetaucht war. »Es ist ein Skandal, dass Petronella beim Errichten der magischen Barriere so gepfuscht hat!«

»Die Oberhexe berät sich gerade mit dem Hexenrat«, piepste die winzige Hexe.

»Dann warten wir eben, bis sie fertig ist«, sagte Hexobine. »Steckt die beiden in ein leeres Gurkenfass, damit sie uns nicht entkommen!«

»Darf ich sie vorher noch einmal ordentlich knuffen?«, fragte die Sabberhexe grinsend.

»Das sparen wir uns für nachher auf«, versprach Hexobine.

Die Hexen ließen sich nicht lange bitten. Sie rollten ein leeres Gurkenfass heran und stopften die Kinder kopfüber hinein. Dann setzten sie den Deckel darauf und hexten ihn mit einem Wink ihres Zauberstabs fest.

»Lasst bloß das Fass nicht aus den Augen«, mahnte Hexobine. »Ich gebe euch ein Zeichen, wenn ihr sie vor die Oberhexe rollen könnt.«

Die umstehenden Hexen nickten grimmig.

Lea und Luis wurde ganz flau im Magen. Sie hatten einen riesigen Schrecken bekommen, als sie gepackt wurden. Doch als man sie jetzt auch noch in dieses scheußliche, stinkende Fass steckte, fingen sie an, laut zu schreien. »Aufmachen! Lasst uns hier sofort raus! Petronella!«

Da bekam das Fass einen kräftigen Stoß und rollte los. Die Zwillinge kugelten holterdiepolter kopfüber und -unter durcheinander. »Äääääääh!«, schrien sie.

»Was soll das?! Haltet sie auf!«, riefen die Hexen verdutzt. Doch das Fass rollte einfach weiter.

»Hinterher!«, schrien die Hexen. Trotzdem wurden ihre Stimmen leiser und leiser. Lea und Luis hatten keine Ahnung, was passiert war. Sie machten sich ganz rund und passten auf, dass sie nicht mit den Köpfen zusammenstießen.

Schließlich gab es einen Ruck, und das Fass kam zum Stehen.

»Ist mir schlecht!«, stöhnte Luis.

Lea rieb sich den Ellenbogen und stemmte sich gegen den Deckel. Vergebens. Er ließ sich einfach nicht öffnen.

Da klopfte jemand von außen ans Fass. »Alles in Ordnung da drinnen?«

»Gurkenhut?«, fragten die Kinder ungläubig.

»… und Bohnenhals und Karottenwams«, bestätigte der Apfelmann. »Seid ihr verletzt?«

»Nein, aber hier stinkt es furchtbar nach Zwiebeln und sauren Gurken!«, stöhnte Luis.

»Und furchtbar eng ist es auch. Lasst uns bitte schnell raus!«, bat Lea.

»Das geht leider nicht«, antwortete Gurkenhut. »Sie haben den Deckel festgehext. Aber Spargelzahn und Rübenbach sind schon auf dem Weg zu Petronella.«

Der Cinderella-Zauber

Trotz aller Aufregung genoss Petronella das Hexenfest von ganzem Herzen. Sie liebte das Knistern des Feuers, den Duft von exotischen Räuchereien und die Musik der Pixieland-Kapelle, die sich kräftig ins Zeug legte. Gemeinsam mit ihren Schwestern schlenderte sie über den Markt und bestaunte all die schönen und nützlichen Dinge, die es nur hier zu kaufen gab.

Gerade hatte sie ein kleines Fläschchen Trolltränen erstanden. Trolltränen waren eine wichtige Zutat für besonders zauberkräftige Tinkturen. Vier Hexentaler verlangten die geschäftstüchtigen Trolle für ein winziges Fläschchen. Was im ersten Moment schrecklich traurig klang, war in Wirklichkeit ganz anders: Denn die verkauften Tränen waren keine Tränen des Kummers. Im Gegenteil, die Trolle erzählten sich abends am Lagerfeuer gerne so lange Witze, bis ihnen die Tränen vor lauter Lachen über die Wangen rollten. Die fingen sie dann schnell in kleinen Fläschchen auf. Und wenn sie später die Hexentaler zählten, die sie damit verdient hatten, lachten sie gleich ein zweites Mal.

Petronella verstaute das Fläschchen gerade in ihrem Umhang, als Spargelzahn und Rübenbach atemlos neben ihr auftauchten.

»Du musst sofort mitkommen!«, rief Spargelzahn. »Die Kinder sind in Gefahr!«

»Die Kinder?!«, rief Petronella.

»Welche Kinder?!«, echoten ihre Schwestern und sahen sich verdutzt um.

»Das erkläre ich euch später!«, rief die Apfelhexe und folgte den Apfelmännchen eilig durch das Gedränge.

»Sie stecken in einem Gurkenfass«, erklärte Rübenbach atemlos.

»In einem Gurkenfass? Was tun sie denn da?«

»Die Hexen haben sie dort eingesperrt. Sie wollen sie vor die Oberhexe bringen!«, berichtete Spargelzahn im Laufschritt.

Petronella war verwirrt. »Wie kommen die Kinder denn auf das Hexenfest? Ich habe es doch mit einem Zauber gesichert.«

»Das … ja … also, ich glaube …« Spargelzahn wurde rot wie ein Radieschen. »Ich fürchte, es ist meine Schuld.«

Petronella warf ihm einen fragenden Blick zu. »Darüber reden wir später«, entschied sie dann. »Wo ist das Fass?«

»Gurkenhut und die anderen haben es den Hexen vor der Nase weggeschnappt und in den Müllergarten gerollt. Leider ist der Deckel festgehext, sodass wir ihn nicht öffnen können.«

Vor der magischen Regenwand hatten sich ein paar Hexen versammelt. Man sah ihnen an, dass sie keine Lust hatten, noch einmal nass zu werden. Deshalb gaben sie murrend die Verfolgung auf und kehrten auf den Festplatz zurück.

Petronella und die Apfelmännchen dagegen kümmerten sich nicht um den nassen Vorhang aus Regen, Blitz und Donner. Sie tauchten ein und flitzten durch den Apfelgarten.

»Ich wette, sie verstecken sich hinter der Brombeerhecke«, schnaufte Rübenbach. Und er hatte recht.

Als sie mit Karacho um die Hecke bogen, wären sie fast über das Gurkenfass gestolpert.

»Das ist ja eine schöne Bescherung!«, rief die Apfelhexe. Sie ließ ihren Zauberstab aus dem Ärmel gleiten und tippte dreimal gegen das Holz. Sofort sprang der Deckel auf, und heraus krochen zwei nach Essig und Zwiebeln riechende und sehr zerknirschte Kinder.

»Petronella«, seufzte Lea erleichtert. »Wie gut, dass du endlich da bist.«

»Wir können dir alles erklären«, sagte Luis eifrig.

»Still!«, blaffte Petronella und funkelte wütend in die Runde.

Die Zwillinge sahen sich erschrocken an. So böse hatten sie ihre Freundin noch nie gesehen.

»Ja seid ihr denn von allen guten Geistern verlassen?!«, rief die Apfelhexe. »Was fällt euch ein, mich so zu hintergehen? Ihr habt euch und die Apfelmännchen in große Gefahr gebracht. Wisst ihr denn nicht, wie gefährlich es ist, sich mit fremden Hexen anzulegen?« Ihre Augen sprühten zornige Blitze.

»Aber … aber …«, stotterten die Zwillinge.

»Kein Aber. Ihr habt mein Vertrauen schändlich missbraucht.«

»Das wollten wir nicht, ehrlich!«, rief Lea, und eine Träne rollte über ihre Wange.

»Es ist meine Schuld«, meldete sich Spargelzahn. »Ich habe ihnen den Tipp gegeben, wie …«

»Du hast uns bloß ein Rätsel gestellt«, unterbrach ihn Luis. »Du hast nichts verraten, es war meine Schuld. Ich wollte unbedingt auf das Hexenfest …«

»Und ich auch«, nickte Lea. »So was erlebt man nur einmal.«

Gurkenhut gab Petronella einen freundschaftlichen Knuff. »Die Kinder waren neugierig, weiter nichts«, sagte er. »Und sie haben uns so fleißig bei den Vorbereitungen geholfen.«

»Ich denke, wir haben alle ein bisschen Schuld.« Karottenwams sah in die Runde. »Wir waren selbst so aufgeregt und haben uns so auf das Fest gefreut, dass wir ganz vergessen haben, wie die Kinder sich fühlen, wenn sie zwar mithelfen, aber nicht mitfeiern dürfen.«

Petronella hatte schweigend zugehört, aber ihr Gesicht wurde mit jedem Wort, das Karottenwams sprach, freundlicher. Schließlich lächelte sie. »Was sind das überhaupt für scheußliche Mäntel, die ihr da tragt? Kein Wunder, dass man euch sofort erkannt hat.«

Lea und Luis standen da wie die begossenen Pudel. Sie verkniffen sich zu sagen, dass sie eigentlich wegen ihres Menschengeruchs aufgeflogen waren und nicht wegen der Mäntel.

Die Apfelhexe rieb sich das Kinn und dachte nach. »Na gut«, sagte sie schließlich. »Ihr dürft an dem Fest teilnehmen. Und zwar als richtige Hexe und Magier.«

»Was?!«, riefen Lea und Luis begeistert. »Wie soll das denn gehen?«

»Wartet ab«, griente Spargelzahn, und auch die anderen Apfelmännchen lächelten.

»Kommt mit in mein Apfelhaus. Ich brauche etwas Schwefelkopf und Hexenbutter für den Cinderella-Zauber.«

»Für den Cinderella-Zauber?«, fragten die Zwillinge verdutzt.

»Funktioniert der auch bei Jungs?«, fragte Luis.

»Natürlich. Kommt mit!«

Die Kinder und die Apfelmännchen folgten Petronella zu ihrem Apfelbaum und standen gleich darauf in ihrem Wohnzimmer.

Die kleine Hexe suchte die magischen Zutaten zusammen und zog ihren Umhang aus. »Ich möchte nicht, dass er Fettflecken bekommt.«

Dann vermischte sie Hexenbutter mit einem Teelöffel Schwefelkopf und gab einen Klecks davon zuerst Lea und dann Luis hinter die Ohren.

»Ene mene …« Petronella brach den Zauberspruch noch einmal ab. »Was ich euch noch sagen wollte: Der Cinderella-Zauber wird euch in eine Hexe und einen Magier verwandeln. Aber er hält nicht länger als vier Stunden. Danach werdet ihr wieder zu dem, was ihr seid. Zwei freundliche Kinder.« Sie lächelte.

Die Zwillinge konnten ihr Glück kaum fassen.

»Ich werde zu einem echten Magier! Wie cool ist das denn?«, wollte Luis wissen. »Kann ich dann auch richtig zaubern?«

Die Apfelhexe sah ihn an und lachte. »Theoretisch schon. Da du aber keinen einzigen Zauberspruch kennst … wohl eher nicht.«

»Schade«, sagte Lea.

»Ihr könntet aber ein bisschen mit dem Besen herumfliegen, wie die anderen Junghexen«, schlug Petronella vor.

»Wow«, flüsterte Lea, und auch Luis lächelte zufrieden.

»So, und jetzt lasst mich mit dem Zauber anfangen. Sonst verpasse ich womöglich die Verleihung des goldenen Hexenzopfes.

Eene, meene Schwefelkopf,
Hexenbutter schmilzt im Topf.
Natternschneckling, Schlangenhaut,
Wandlungszauber ist gebraut.
Aus den Kindern wird ganz flink
Junghexe und Zauberling!«

Eine schwefelgelbe Wolke senkte sich über die Kinder, und alle fingen an zu husten. Sofort riss Gurkenhut die Fenster auf. Petronella legte den Zauberstab beiseite und wedelte die Wolke mit ihrem Hut aus dem Haus.

»Na, wie gefallt ihr euch?«

Lea und Luis sahen sich mit offenem Mund an.

»Du … du siehst aus wie der Zauberer Merlin!«, rief Lea entzückt.

»Und du könntest die kleine Schwester von Petronella sein«, grinste ihr Bruder.

Die Zwillinge waren total baff.

»Darf ich mal an deinem Bart ziehen?«, fragte Lea und griff schon danach.

»Au, nicht so fest!«, rief Luis. »Es ist unglaublich. Petronella hat uns wirklich in Hexe und Zauberer verwandelt.«

Die Kinder drängten sich begeistert vor dem Spiegel an der Garderobe.

Da ertönte plötzlich ein langgezogener dunkler Ton. Er klang wie das Tuten eines Nebelhorns.

Petronella lauschte. »Es geht los!«, rief sie und hüpfte auch schon auf den Ast vor ihrer Haustür. Wie ein Feuerwehrmann rauschte sie die magische Strickleiter herunter, und Lucius, die Zwillinge und die Apfelmännchen folgten ihr auf der Stelle. So schnell sie konnten liefen sie durch den Garten und tauchten durch die magische Regenwand.

»Beeilt euch!«, rief Petronella. »Der Hexenrat hat sich bereits versammelt.«

Eiskalt erwischt

Es dauerte eine Weile, bis sich die Freunde durch die wartenden Hexen und Magier gedrängelt hatten. Doch dann waren sie am Ziel, und Lea und Luis hatten einen guten Blick auf die Oberhexe und den Hexenrat. Nun, da sie nicht mehr fürchten mussten, entdeckt zu werden, genossen sie alles noch viel mehr.

»Die eine Hexe aus dem Hexenrat sieht aus wie ein Geier«, flüsterte Luis.

Gurkenhut stieß ihn in die Seite. »Pst, sie kann dich hören«, zischelte er.

Dann stieg die Oberhexe von ihrem Thron, den die Apfelmännchen extra für sie gebaut hatten, und breitete die Arme aus. »Meine schönen, wilden Schwestern«, begrüßte sie die anwesenden Hexen. »Wie ihr wisst, haben wir uns hier versammelt, um gemeinsam zu feiern. Wie jedes Jahr wollen wir auch diesmal wieder eine besonders verdiente Hexe auszeichnen, die durch ihr tadelloses hexenhaftes Verhalten unser Wohlwollen auf sich gezogen hat. Und deshalb wird sie mit dem goldenen Hexenzopf geehrt. Ihr alle wisst, was diese besondere Auszeichnung bedeutet. Wer den Hexenzopforden trägt, kann in Zukunft Anspruch auf einen Sitz im Hexenrat erheben. Natürlich nur, wenn ein Platz frei wird.«

»Heißa, Pestilla! Heißa, Rat der weisen Frauen!«, jubelten die umstehenden Hexen und warfen ihre Hüte hoch in die Luft.

Die weisen Frauen des Hexenrates nickten und ließen ihre Blicke zufrieden über die Menge schweifen.

»Die Hexe, von der ich spreche, vereint Mut und Verstand. Sie ist eine tadellose Besenreiterin und eine ganz passable Zauberin. Dies hat sie mit unzähligen Schadzaubern unter Beweis gestellt. Sie hat Unwetter aufziehen lassen, einen Bäckermeister an einem Baum festgehext, Hexenfeinde mit Erbsen beschossen und einen wichtigtuerischen Magier mit Unken-Knallfröschen vertrieben. Vielleicht ahnt die eine oder andere bereits, wen ich meine …«

»Petronella Apfelmus, das kann nur Petronella Apfelmus sein …«, wisperten sich die Hexen zu.

»Ihr habt recht. Ihr Name ist Petronella Apfelmus! Komm zu mir, Petronella, damit der Hexenrat dich sehen kann!«

Petronella bekam vor lauter Aufregung ganz heiße

Wangen. Sie war noch nie von der Oberhexe gelobt worden.

»Heißa, Petronella! Heißa, Petronella!«, jubelten die anderen Hexen aus voller Kehle.

Doch da hob die Oberhexe die Hand. »Beruhigt euch, meine wilden Schwestern!«, donnerte sie. »Denn diesmal ist alles anders. Der Hexenrat konnte sich nicht einig werden, und deshalb gibt es in diesem Jahr noch eine weitere Anwärterin auf den Hexenzopf.«

»Was?!«, riefen Lucius und Gurkenhut wie aus einem Mund.

»Das kann doch nicht sein!«, empörte sich auch Spargelzahn. Und Petronella war so erschrocken, dass sie auf der Stelle Schluckauf bekam. »Das … hicks … verstehe ich nicht«, murmelte sie.

Doch Pestilla ließ sich von der Aufregung nicht aus dem Konzept bringen. »Die zweite Anwärterin auf den goldenen Hexenzopf ist …« – sie machte eine Pause, in der alle vor Spannung den Atem anhielten – »Hexobine Höckerbein!«

»Buuuuh! Betrug!«, riefen Petronellas Schwestern.

Die übrigen Hexen verstummten. Sie wussten nicht so recht, was sie davon zu halten hatten.

»Hexobine hat sich als gute Hexe und Spionin einen

Namen gemacht. Sie ist neugierig, liebt Klatsch und Tratsch und hat immer den passenden Zauberspruch auf den Lippen.«

»Juhuuuu!«, rief die winzige Hexe, die nicht größer als ein Eichhörnchen war. Und jetzt fingen auch die übrigen Hexen an zu lärmen. »Heißa, Hexobine!«, jubelten sie.

Die Oberhexe unterbrach sie erneut. »Da der Hexenrat sich nicht einigen konnte, werden beide Hexen in einen Wettkampf geschickt. Einen besonders kniffeligen Wettkampf«, setzte sie nach.

Petronella konnte es noch immer nicht fassen. Warum mussten solche verhexten Kniffeleien immer ihr passieren?

Hexobine dagegen sah so zufrieden aus wie eine Katze, die gerade ein Schälchen Milch ausgeschleckt hatte.

»Es ist also eine Art Wettlauf«, fuhr die Oberhexe fort. »Und es gibt nur eine Regel. Es darf nicht gezaubert werden! Deshalb … legt ihr eure Zauberstäbe jetzt auf dem Tisch vor dem Hexenrat ab.«

»Mit Vergnügen, Oberhexe!«, lächelte Hexobine.

Petronella sah erschrocken an sich herab. Sie hatte nicht nur vergessen, ihren Festumhang wieder überzuziehen, sie hatte es nach dem Cinderella-Zauber auch

versäumt, ihren Zauberstab einzustecken. »Ich … ich bin gleich wieder zurück!«, rief sie hektisch und bahnte sich auch schon einen Weg durch die erstaunten Hexen.

»Beeil dich!«, riefen ihre Schwestern.

»Ja, beeil dich!«, rief auch die Oberhexe, »bevor ich es mir anders überlege.«

Hexobine lächelte zufrieden.

Die Apfelmännchen und die Zwillinge sahen sich besorgt an.

Petronella lief, so schnell sie konnte. Wie hatte sie bloß ihren Zauberstab vergessen können? Das war wirklich sehr ärgerlich. Besonders, wenn sie an Hexobines zufriedenes Grinsen dachte. Warum hatte sich der Hexenrat nicht für eine von ihnen entscheiden können? Auf einen Wettkampf hatte sie überhaupt keine Lust. Diese Gedanken schwirrten Petronella durch den Kopf, als sie durch die magische Regenwand huschte und in ihrem Garten wiederauftauchte.

Hexobine beschäftigten derweil ganz andere Dinge. Unauffällig entfernte sie sich von den wartenden Hexen und ließ blitzschnell ein Glas mit getrockneten Kräutern unter ihrem Hexenmantel verschwinden. Dann verwandelte sie sich in eine Krähe und folgte Petronella durch die dunkle Regenwand.

Die Apfelhexe hastete weiter durch den Garten. Am allermeisten ärgerte sie sich über ihre eigene Schusseligkeit. »Selbst schuld, wenn der Hexenzopf diesmal an

Hexobine geht«, murmelte sie und kletterte die Strickleiter zu ihrem Apfelhaus hinauf. Mit jeder Stufe, die sie weiter nach oben stieg, wurde sie kleiner und kleiner.

Petronella wollte gerade in ihr Haus gehen, als ein Schatten auf sie fiel. Verwundert blickte die kleine Hexe nach oben. Da traf sie auch schon ein Flügelschlag, der sie ganz einfach vom Ast wischte.

Die Apfelhexe segelte durch die Luft und rollte kurz darauf auch schon durch das Gras. Verdutzt setzte sie sich auf. Die Blätter hatten ihren Sturz gedämpft, und sie fühlte, dass alles heil geblieben war. Da hörte sie ein lautes Krächzen, und eine Krähe landete neben ihr im Gras.

Petronella wurde mulmig zumute. »Hexobine?«, fragte sie ungläubig.

»Ganz recht.« Es machte puff!, und aus der schwarzen Krähe wurde Hexobine Höckerbein.

»Was tust du hier? Warum bist du nicht bei den anderen?«, fragte Petronella. Es behagte ihr gar nicht, dass sie selbst so winzig und Hexobine so groß war.

»Was ich hier tue? Das wirst du gleich erfahren!«, rief die Hexe und zog schwungvoll das Glas mit den getrockneten Kräutern aus ihrem Mantel. Sie öffnete den Deckel, und bevor Petronella begriff, was geschah, stülpte Hexobine das Glas auch schon über die verdutzte Apfelhexe.

»Hatschi!«, nieste die, als die Kräuter um sie herumwirbelten. »Lass mich hier sofort raus!« Wütend trommelte sie mit den Fäusten gegen das Glas.

»Später, meine Liebe. Sehr viel später«, lächelte Hexobine böse und drückte das Glas fest in den Boden. »Zuerst jedoch werde ich mir den goldenen Hexenzopf anstecken lassen. Du hattest ja die Hosen voll und bist vor lauter Angst einfach weggelaufen.«

»So ein Unsinn, hatschi!«, rief Petronella.

»So? Ich bin gespannt, ob die Oberhexe das genauso sieht«, antwortete Hexobine. Und mit diesen Worten nahm sie abermals die Gestalt einer Krähe an und flog zwischen den Bäumen davon.

»Zitterzahn und Krötendreck!«, schimpfte Petronella und nieste noch einmal. In dieser Kräutermischung musste eine gehörige Portion wilder Majoran stecken. Eine Pflanze, auf die Hexen höchst allergisch reagierten. Wie hatte sie sich nur so übertölpeln lassen können?

Petronella tastete nach den silbernen Apfelkernen. Aber … oh Schreck. Die waren ja in der Tasche ihres Festumhangs. Und der lag neben ihrem Zauberstab im Apfelhaus. Die kleine Hexe stemmte sich mit ganzer Kraft gegen das Glas, doch es bewegte sich nicht einen Millimeter. Wütend stampfte Petronella mit dem Fuß auf. Es war zum Mäusemelken. Ohne ihren Zauberstab und die Apfelkerne hatte sie keine Chance, rechtzeitig aus ihrem Gefängnis zu entkommen.

Ein glücklicher Zufall

Auf dem Festplatz wurden die Hexen allmählich ungeduldig. Die Oberhexe sah auf die Kuckucksuhr, die aufgeregt um die Rotbuche flatterte. »Ich gebe ihr noch fünf Minuten«, knurrte sie.

»Sie wird sicher gleich hier sein«, sagte Wilma, die älteste von Petronellas Schwestern, und blinzelte nervös.

»Da wäre ich mir nicht so sicher«, krächzte eine modrige Moorhexe. »Sie wäre nicht die Erste, die vor einer Prüfung kalte Füße bekommt und sich einfach verdrückt.«

Da tauchte Hexobine vor dem Thron der Oberhexe auf. »Nanu, ist Petronella noch immer nicht zurück?«, fragte sie zuckersüß. »Sie wirkte schon die ganze Zeit so nervös. Vielleicht ist ihr alles zu viel geworden.«

»So ein Quatsch!«, rief Lea erbost und zog schnell wieder den Kopf ein, als die anderen Hexen sie plötzlich ansahen.

»Petronella hat die Auszeichnung verdient und war bereit, sie anzunehmen!«, verteidigte Gurkenhut seine Freundin.

»Sie ist aber offensichtlich verschwunden, Stockmann!«, zischte Hexobine.

»Ich werde in ihrem Apfelhaus nachsehen«, brummte Lucius und schwirrte auch schon davon.

»Aber beeil dich!«, rief Luis.

»Ja, bring sie ganz schnell her!«, rief auch Lea.

Währenddessen kämpfte Petronella noch immer mit ihrem Gefängnis. »Wie, zum schuppigen Wassermann, soll ich hier rechtzeitig wieder herauskommen?!«

Da hörten ihre Hexenohren ein vertrautes Summen. Es war das schönste Summen, das Petronella sich vorstellen konnte. »Lucius! Lucius!«, versuchte sie, ihren Freund auf sich aufmerksam zu machen.

Doch da war der Käfer auch schon über sie hinweggebrummt. »Petronella! Petronella, wo steckst du?!«, hörte die Apfelhexe ihn rufen.

»Ich bin hier unten! Unter dem Glas! Hörst du mich denn nicht?«

Lucius hatte sie tatsächlich nicht gehört. Er war zum Apfelhaus geflogen und hatte ihren Zauberstab und den Festumhang gefunden. Sehr seltsam, überlegte der Käfer. Petronella war noch nicht einmal zu Hause gewesen. Ob sie vielleicht doch Reißaus genommen hatte, aus Angst, gegen Hexobine zu verlieren?

»Nein, ausgeschlossen«, murmelte der Käfer. Er flog noch eine Runde über den Garten und kehrte dann zu den anderen zurück.

»Und?«, fragten alle.

»Ich habe sie nicht gefunden«, gab der Hirschkäfer zu. »Das Apfelhaus war leer, und Zauberstab und Mantel lagen noch auf dem Tisch.«

»Seht ihr!«, feixte Hexobine.

Die Oberhexe wippte ungeduldig mit dem Fuß, und die Hexen des Rates steckten tuschelnd die Köpfe zusammen. »Nun gut«, sagte Pestilla schließlich. »Ich würde sagen, wir haben genug gewartet. Da Petronella unauffindbar ist, bleibt nur noch Hexobine übrig. So ist die Entscheidung gefallen, und wir fangen jetzt mit der Verleihung des goldenen Hexenzopfes an.«

Eifrig trat Hexe Höckerbein vor die Oberhexe. »Mit dem größten Vergnügen!«

»Moment!« Auch Petronellas Schwestern hatten sich beraten und einen Plan gefasst. »Ich bitte noch einmal um einen kurzen Aufschub!«, rief Wilma.

»Was, warum denn das?« Hexobine war empört.

»Wir werden unsere Schwester finden und hierherbringen. Dann soll der Wettkampf entscheiden, wer des goldenen Hexenzopfes würdig ist.«

Die Oberhexe und der Hexenrat berieten sich erneut. »Wir geben euch fünfzehn Minuten. Keine Sekunde mehr«, sagte Pestilla dann.

»Wir sind pünktlich wieder zurück«, versprachen die Schwestern und stiegen auf ihre Besen. Auch die Zwillinge und die Apfelmännchen zögerten keine Sekunde. Petronellas Freunde machten sich auf die Suche.

Petronella in ihrem Glasgefängnis ballte ihre Hände zu Fäusten. Sie war ungeheuer wütend. Auf sich selbst, weil sie sich auf so dumme Weise hatte übertölpeln lassen. Aber noch viel wütender war sie auf Hexobine Höckerbein, die offensichtlich zu allem bereit war, wenn ihr nur der goldene Hexenzopf angesteckt wurde.

»Es ist so ungerecht!«, regte sich die Apfelhexe gerade auf, als sie eine Bewegung bemerkte. Zähnchen, die Haselmaus, huschte ganz in der Nähe durchs Gras. Sie knabberte hier und schnüffelte da und wäre um ein Haar an Petronella vorbeigehuscht, hätte die nicht wild mit den Armen gewedelt und laut nach der Maus gerufen. »Zähnchen! Zähnchen!«

»Nanu?« Verdutzt kam die Maus näher und spähte

durch das Glas. »Petronella!«, piepste sie dann. »Oje, bist du auch in eine Mausefalle getappt?«

»Eher in eine Apfelhexenfalle«, antwortete Petronella. »Du musst mir helfen, Zähnchen. Ich kann mich nicht allein befreien.«

Die Haselmaus war sofort bereit, Petronella aus der Patsche zu helfen. Sie stellte sich auf die Hinterbeine und versuchte, das Glas mit den Pfoten umzustoßen. Vergebens. »Es geht nicht!«, ächzte sie. Auch ihr Versuch, das Glas anzuknabbern, brachte nichts.

»Versuch es bitte noch einmal«, bat Petronella. »Hexobine hat das Glas einfach nur fest in den Boden gedrückt.«

»Vielleicht kann ich es ausgraben?«, überlegte die Haselmaus und fing sofort damit an. Gras und Erde spritzten, schon fing das Glas an zu wackeln. »Hmmmm, wie das duftet«, schnupperte die Maus. »Es riecht nach Sauerampfer, Majoran und Malvenblüten.«

»Du kannst die Kräuter alle bekommen, wenn du mich hier nur rausholst.«

Die Maus stellte sich erneut auf die Hinterbeine, und diesmal ging es ganz leicht. Ein Ruck, das Glas fiel um, und Petronella war frei.

Petronella holte tief Luft. »Hab tausend Dank, Mausezähnchen!«, jubelte sie und gab der Haselmaus einen Kuss zwischen die großen Ohren.

»Gerne geschehen«, mümmelte die und knabberte bereits an einer Malvenblüte.

»Ich muss jetzt schnell in meinen Apfel, sonst lässt sich Hexobine den goldenen Hexenzopf anstecken«, verabschiedete die Apfelhexe sich.

»Ja, geh nur«, erwiderte die Maus und sah kläglich an sich herab.

»Stimmt was nicht?«, wunderte sich Petronella.

»Na ja, mein Verband ist verrutscht. Eigentlich bin ich nur vorbeigekommen, weil ich dich bitten wollte, mir einen neuen anzulegen.«

Petronella war hin- und hergerissen. »Na gut«, sagte sie. »Aber dann müssen wir uns doppelt beeilen.«

»In Ordnung, steig auf!«, rief die Haselmaus.

Das ließ sich Petronella nicht zweimal sagen. Sie setzte sich auf Zähnchens Rücken und hielt sich gut an ihren Ohren fest. Dann ging es auch schon los. Im Mausgalopp flitzte die Haselmaus zu Petronellas Baum und lief hurtig den Stamm hinauf. Die Apfelhexe musste sich zwar besonders gut festhalten, aber in Nullkommanix standen sie auch schon vor ihrer Tür.

»Komm schnell herein!«, rief Petronella. Sie sausten ins Haus, und die Hexe wechselte der Maus mit geübten Griffen den Verband.

»Deine Verletzung sieht schon sehr gut aus«, stellte Petronella fest.

»Und es tut fast gar nicht mehr weh«, lachte die Haselmaus.

Eine suchselige Angelegenheit

»Ihr schaut noch einmal im Apfelhaus nach!«, rief Gurkenhut Petronellas Schwestern zu, während er mit den anderen über die Festwiese hastete. Petronella war noch immer verschwunden, und die Oberhexe war inzwischen sehr ungeduldig. Nicht auszudenken, wenn Pestilla Hexobine zur Siegerin des Wettbewerbs erklärte. »Lucius sucht im Garten, und wir sehen uns am Mühlteich um«, teilte Gurkenhut den Suchtrupp ein. Die Freunde waren sehr besorgt und hatten die magische Regenwand fast erreicht, als ihre Hexenfreundin ihnen plötzlich in dunkelblauem Cape und mit dem Zauberstab in der Hand entgegenkam.

»Dem mächtigen Donnermann sei Dank! Wo hast du bloß so lange gesteckt?«, riefen ihre Schwestern und landeten neben ihr im Gras.

»Das erzähle ich euch später«, antwortete Petronella und eilte an ihnen vorbei. Ganz außer Atem trat sie vor den Hexenrat.

»Tja, die Prüfung hat sich wohl erledigt«, sagte Hexobine gerade. »Offensichtlich hat Petronella der Mut verlassen. Na ja, kein Wunder, gegen mich hätte sie sowieso keine Chance gehabt.«

»Hm«, knurrte die Oberhexe. Doch auf einmal hellte sich ihr Blick auf. »Da kommt Petronella ja!«

Hexobine fuhr herum. »Verflixter, schuppenfransiger Wassergeist!«, fluchte sie.

»Da staunst du, nicht wahr?«, zischte Petronella Hexobine zu. Und zur Oberhexe und dem Hexenrat sagte sie: »Vielen Dank, dass ihr so geduldig gewartet habt. Ich musste mich noch um eine kleine Patientin kümmern, die ich zu Hause angetroffen habe. Von mir aus kann der Wettkampf nun beginnen.« Und mit diesen Worten legte sie ihren Zauberstab vor dem Hexenrat ab.

Die umstehenden Hexen jubelten der Apfelhexe zu.

»Ich bin bereit!«, sagte Hexobine Höckerbein wütend und sah Petronella giftig an.

Pestilla, die Oberhexe, setzte sich auf ihren Thron und hob die Hand. Sofort verstummten die Hexen.

»Wie schon gesagt, freue ich mich, dass wir in diesem Jahr zwei Anwärterinnen auf den goldenen Hexenzopf haben. Das macht die Sache spannender.« Sie blickte zufrieden in die Runde. »Normalerweise hat der Hexenrat den goldenen Hexenzopf in seinem Gewahrsam. Das ist diesmal anders. Die Auszeichnung ist nicht hier, sondern befindet sich an einem geheimen Ort. Und das ist eure Prüfung.« Pestilla wandte sich an Petronella und Hexobine. »Findet den goldenen Hexenzopf und bringt ihn hierher. Wer die Zopfbrosche vor dem Hexenrat auf den Tisch legt, wird damit ausgezeichnet. Jetzt macht euch auf den Weg. Und denkt daran … Es kann nur eine geben!«

Hexobine und Petronella rührten sich nicht von der Stelle.

»Was ist? Wollt ihr euch nicht auf die Suche machen?«, fragte Pestilla. Da beugte sich Runa, die alte Watthexe, zu ihr und flüsterte ihr etwas ins Ohr.

»Ach so … die Hinweise!« Die Oberhexe räusperte sich. »Fast hätte ich es vergessen. Um euch den Weg zu weisen, haben wir vergoldete Haselnüsse versteckt. Darin findet ihr die Hinweise, die euch schließlich zum Hexenzopf bringen werden.« Pestilla sah die beiden Hexen auffordernd an. Da gab ihr Runa erneut ein Zeichen.

»Noch was? Ach ja … Es gibt natürlich auch Regeln. Genau genommen eine einzige. Und die lautet: Zaubern ist strengstens verboten. Und auch das Reiten auf dem Besen ist euch untersagt.«

Ein Raunen ging durch die Hexen. Zauberei und Besenreiten waren für sie so normal wie Zähneputzen.

Die Oberhexe lächelte. »Den ersten Hinweis erhaltet ihr natürlich von mir.« Sie griff in die Luft und hielt, schwups, zwei Zettel in der Hand. Den einen reichte sie Petronella, den anderen gab sie Hexobine. »Ihr dürft euch damit zurückziehen. Wer das Rätsel gelöst hat, wird durch die Mittwochstür in der Rotbuche geschickt. Das geht schneller.«

Petronellas Freunde hatten den Erklärungen der Oberhexe gespannt zugehört. Jetzt drängten sie sich neugierig um die Apfelhexe und starrten auf den Zettel, den Pestilla ihr gegeben hatte.

»Das sind ja lauter Buchstaben«, beschwerte sich Merlina.

»Aber keine Worte«, staunte Petronella.

»Was ist das für eine seltsame Prüfung?«, schimpfte Gurkenhut.

»Was steht denn drauf?« Wilma nahm Petronella den Zettel aus der Hand.

»Das würde ich auch gerne wissen«, murmelte die Apfelhexe.

»Es macht überhaupt keinen Sinn«, fand Belinda, nachdem sie einen Blick darauf geworfen hatte.

»Fesowon«, las Spargelzahn.

»Lrqkoby«, versuchte es Luis.

Hexobine Höckerbein stand ein Stück von ihnen entfernt und hatte einen Zauberer mit langem Bart und grauem Kittel an ihrer Seite. »Was hältst du davon, Kirke?«, fragte sie und drehte den Zettel auf den Kopf. Der Zauberer kratzte sich am Kinn. »Was sind das für seltsame Zeichen?«

»Das sind Buchstaben«, brummte Hexobine. »Ich dachte, du könntest mir helfen.«

»Tut mir leid. Ich lese nur Runen«, verteidigte sich der alte Mann.

»Prxöwir«, las Hexobine.

»Ist das ein Zauberspruch?«, fragte der Zauberer.

»Woher soll ich das wissen?«, schimpfte Hexobine und warf einen Blick in Richtung Petronella.

»Ich glaube, ich weiß, was das ist«, sagte Lea.

»Du weißt, was das ist?!«, riefen Petronella und ihre Schwestern.

»Ja, ich habe so was schon mal in der Schule gesehen.«

»Echt?«, staunte Luis.

L	R	Q	K	O	B	Y	T	E	D	U	J
Y	D	Q	R	H	B	W	D	W	X	G	R
P	R	X	Ö	W	I	R	O	K	H	H	L
I	F	O	T	H	F	P	R	L	G	A	Y
H	E	A	E	P	E	M	N	G	Y	S	A
S	E	Z	N	E	S	Y	E	T	M	P	I
U	V	V	M	K	T	R	N	F	W	E	E
P	H	T	O	D	Q	E	H	F	N	L	V
F	E	S	O	W	O	N	E	R	E	W	C
T	X	X	R	C	N	B	C	B	G	A	O
H	E	O	E	H	N	J	K	I	V	L	Q
X	N	A	J	N	B	R	E	W	T	D	Y

Seine Schwester nickte. »Es nennt sich Suchsel. Zwischen den Buchstaben verstecken sich Worte. Sie können untereinanderstehen, vielleicht müssen sie aber auch rückwärts gelesen werden.«

»Interessant«, murmelte Wilma und beugte sich über das Papier. Lea beugte sich ebenfalls darüber und strengte sich mächtig an. Kreuz und quer ließ sie ihren Blick über die Buchstaben wandern. Dann lächelte sie. »Hier, seht ihr? Hier steht Haspelwald.«

»Tatsächlich! Was du alles weißt …«, staunte Petronella.

»Ich wette, es liegt am Cinderella-Zauber!«, krähte Belinda. »Die war auch nicht auf den Kopf gefallen«, stellte Merlina fest.

»Bravo!«, riefen die anderen und applaudierten so kräftig, dass Lea ganz rot wurde.

Niemand bemerkte die winzige Eichhörnchen-Hexe. Sie hatte sich angeschlichen und spitzte jetzt die Ohren.

»Hier ist noch ein Wort. Krötenmoor steht da.«

»Und Fee!«, rief Luis und tippte auf das Papier.

»Und Dornenhecke!«, rief Gurkenhut.

Im selben Moment fingen die Buchstaben an zu tanzen und rutschten vom Papier runter. Jetzt war es leer.

»Habt ihr euch die Worte gemerkt?«, summte Lucius aufgeregt.

Die Freunde nickten. »Haspelwald. Fee. Krötenmoor und Dornenhecke«, zählte Gurkenhut noch einmal auf.

Petronella lächelte. »Es gibt im Haspelwald wirklich ein Krötenmoor, aber das liegt sehr versteckt.«

»Ich fürchte, den Weg musst du allein gehen«, sagte Wilma. »Wir dürfen dich nicht begleiten. Die Oberhexe würde dich sofort von der Prüfung suspendieren.«

»Ich weiß«, seufzte Petronella. »Ihr habt mir sehr geholfen. Und jetzt mache ich mich schnell auf den Weg.«

Petronella trat vor die Oberhexe. »Ich habe das Rätsel gelöst und bin bereit.«

»Sehr gut. Dann darfst du jetzt durch die Mittwochstür gehen.«

»Wieso Mittwochstür?«, flüsterte Lea Gurkenhut zu.

»Die Mittwochstür heißt so, weil sie die magische und nicht magische Welt auf kürzestem Weg miteinander verbindet«, erklärte der Apfelmann. »Sie ist sozusagen eine Abkürzung in den Haspelwald.«

»Und warum ausgerechnet Mittwoch?«, fragte Luis.

»Weil am Mittwoch beide Welten besonders nah beieinanderliegen.«

»Verstehe«, sagte Luis. »Aber wo befindet sich die Mittwochstür?«

»Das wirst du gleich sehen«, lächelte der Apfelmann.

Und tatsächlich, Petronella zögerte keine Sekunde. Sie zog ihren Umhang fest um die Schultern und klopfte dreimal gegen den mächtigen Stamm der Rotbuche.

Mit großen Augen sahen die Zwillinge, wie sich eine Tür darin öffnete, die ihnen vorher nie aufgefallen war.

»Pass auf, dass du die richtige Abzweigung nimmst«, mahnte Gurkenhut.

Petronella nickte, dann winkte sie ihren Freunden und Schwestern zu und verschwand in der Tür im Baumstamm.

Hexobine traute ihren Augen nicht. »Petronella ist längst unterwegs, und wir stehen hier noch immer dumm herum?«, schimpfte sie mit dem alten Zauberer. »Fällt dir denn gar nichts Gescheites ein?«

»Doch, schon … aber es will nicht zu den Buchstaben passen«, antwortete der Zauberer verdrießlich.

Da zupfte jemand Hexobine am Saum ihres Mantels. Die winzige Hexe stand vor ihr und hüpfte aufgeregt auf und ab. »Ich kenne die Worte, nach denen du suchst!«, piepste sie.

»Du kennst die Worte?«

Die winzige Hexe nickte. »Sie lauten Haspelwald, Krötenmoor, Fee und Dornenhecke. Und jetzt beeile dich, vielleicht kannst du Petronella noch einholen!«

Hexobine lächelte. »Du hast was gut bei mir, Pandora!« Und mit diesen Worten trat sie vor die Oberhexe. »Ich kenne die Lösung!«

Falsches Spiel

Im Stamm der Rotbuche war es so dunkel und eng wie in einem Fass. Für Petronellas Hexenaugen allerdings war die Dunkelheit kein Problem. Sie hatte die Tür auf der gegenüberliegenden Seite sofort entdeckt und stieß sie auf. Ein frischer Wind blies ihr ins Gesicht. Über ihr leuchteten die Sterne, und ein breiter Pfad führte sie zu einer Kreuzung, die im Dunkeln schimmerte.

Schnurstracks eilte die Apfelhexe dorthin und betrachtete die Wegweiser, die in alle vier Himmelsrichtungen wiesen.

Im Norden ging es nach Trollheim. Die Dracheninsel lag im Süden. Das Zwergendorf Hackpüffel war im Westen zu finden, und direkt vor ihr lag der Haspelwald.

Sofort lief Petronella los. Sie hatte keine Zeit zu verlieren. Immer wieder warf sie einen Blick über die Schulter, ob Hexobine ihr schon auf den Fersen war. Aber sie hatte Glück. Von der Hexe war weit und breit nichts zu sehen. Die Apfelhexe eilte den dunklen Pfad entlang, und wenig später tauchte vor ihr auch schon der Saum des Waldes auf. Mächtige Baumriesen hießen sie willkommen. Erleichtert atmete Petronella auf. Die erste Etappe des Rätsels hatte sie erreicht. Jetzt ging es weiter zum Krötenmoor.

»Das hat ja prima geklappt!«, summte da eine vertraute Stimme direkt neben ihrem Ohr.

»Lucius!«, rief Petronella. »Wo kommst du denn her?«

»Ich habe mich im Kragen deines Capes versteckt«, grinste der Hirschkäfer. »Ich weiß, es ist nicht erlaubt. Aber Freunde kann man doch immer gebrauchen, oder?«

»Ich bin so froh, dass du da bist«, lachte die Apfelhexe. »Nur Pestilla darf dich nicht entdecken.«

»Wird sie schon nicht.« Der Käfer krabbelte auf Petronellas Hutspitze und sah sich um. »Ach herrje!«, rief er. Petronellas Gesicht verfinsterte sich. Hexobine Höckerbein hatte den Haspelwald ebenfalls erreicht. In Gestalt einer Krähe flog sie über ihre Köpfe hinweg und verschwand krächzend zwischen den dunklen Bäumen.

»So eine Unverschämtheit!«, schimpfte der Hirschkäfer. »Sie weiß genau, dass sie nicht zaubern darf.«

Petronella nickte. »Es sieht ja niemand, und ich fürchte, Hexobine hat noch mehr miese Tricks auf Lager. Aber jetzt müssen wir uns beeilen, damit der Abstand zu ihr nicht noch größer wird.«

»Was Hexobine kann, das können wir auch!«, brummte der Hirschkäfer. »Steig auf! Du hast doch die Apfelkerne dabei?«

»Und ob, mein Guter!«, rief Petronella. Sie schüttelte die silbernen Apfelkerne in der Tasche ihres Umhangs. Kaum war sie geschrumpft, stieg sie auf Lucius' Rücken. Sofort startete der Käfer mit lautem Gebrumm.

Auf der Festwiese hatten die Zwillinge alles mit angesehen. Denn auch wenn Petronella und Hexobine es nicht ahnten, sie wurden natürlich beobachtet. Gleich nachdem sich beide Hexen auf den Weg gemacht hatten, hatte der Hexenrat eine gigantische Kristallkugel auf den Festplatz schweben lassen. Jetzt konnten die Hexen jeden Schritt der beiden Prüflinge beobachten.

»Das ist Betrug, Oberhexe!«, riefen Petronellas Schwestern, als Hexobine in Krähengestalt über Petronella hinwegflog.

»Ach was, ich hätte es ganz genauso gemacht«, winkte die Oberhexe ab. »Außerdem ist Hexobine eine Gestaltwandlerin. Genau genommen ist ihre Verwandlung also keine Zauberei.«

»Genau genommen doch«, murmelten Lea und Luis. »Auf jeden Fall ist es unfair.«

Da hatten sie recht. Denn auch wenn Petronella auf Lucius unterwegs war, kamen sie viel langsamer voran als eine Krähe. Außerdem wurde ein Hirschkäfer viel schneller müde. Besonders wenn er obendrein eine Apfelhexe auf dem Rücken trug.

So schnell sie konnten, schwirrten Lucius und Petronella über den Baumwipfeln dem Mond entgegen. Aufgeben kam für sie nicht in Frage. Auf einmal deutete die Apfelhexe aufgeregt nach unten. »Ich glaube, dahinten ist es!«, rief sie.

»Ja, das muss das Krötenmoor sein!«, japste Lucius. Er wollte sich nicht anmerken lassen, wie sehr ihn der schnelle Flug anstrengte.

»Du kannst mich im Wald absteigen lassen!«, rief Petronella. Und das ließ sich der Käfer nicht zweimal sagen. Er flog eine Kurve und landete zwischen den geheimnisvollen Bäumen des Haspelwalds. Aus Blattwerk und dunklem Farn leuchteten tausend Augenpaare, die die kleine Hexe beobachteten.

Petronella schüttelte die silbernen Apfelkerne und wuchs zu ihrer normalen Apfelhexengröße heran. Hin und wieder raschelte es verdächtig in ihrer Nähe, doch Petronella machte sich keine Sorgen. Als Hexe konnte sie sich auch ohne Zauberstab verteidigen. Außerdem waren die meisten Bewohner des Haspelwalds freundliche Geschöpfe. Wenn man von den Braunkappen, Moormännern und Greifen einmal absah.

»Du kennst dich wirklich gut aus, das ist das Krötenmoor«, summte Lucius.

Petronella setzte sich den Käfer auf den Hut und blickte über eine mit Binsen bewachsene Fläche. Grasbüschel, die wie Koboldschöpfe aussahen, lugten aus dem moorigen Grund, und braunes Wasser sammelte sich in kleinen Tümpeln. Petronella meinte zwar, einen Pfad durch das Moor auszumachen, trotzdem zögerte sie. Die Irrlichter, die zwischen den abgestorbenen Bäumen tanzten, waren kein gutes Zeichen. Außerdem war das Krötenmoor die Heimat der Moormänner. Unfreundliche, lehmige Gestalten, die nichts lieber taten, als ahnungslose Wanderer in die Irre zu führen und auf den Grund des Moors zu ziehen.

Wachsam sah sich die Apfelhexe um. Hatte Hexobine den nächsten Hinweis womöglich schon entdeckt? Dann atmete sie erleichtert auf. Die Gestaltwandlerin stand zwischen zwei Birken und schien sich mit jemandem zu unterhalten.

»Worauf wartest du?«, drängte Lucius. »Wir müssen

nach dem Hinweis in der Nussschale suchen, sonst kommen wir hier nicht weiter.«

»Ich weiß.« Petronella ließ den Blick über die Binsen schweifen und setzte vorsichtig einen Fuß auf den Moorpfad. Er schien sie zu tragen.

»Hallo, werte Kollegin!«, krächzte da eine Stimme. Hexobine hatte sich leise von hinten angeschlichen. »Wir sollten zusammenarbeiten. Ohne einen Hinweis stehen wir morgen noch hier. Du schaust dich auf dem Moorpfad um, ich suche am Ufer nach der goldenen Nuss. Sollte ich sie zuerst finden, gebe ich dir sofort Bescheid.«

Petronella sah ihre Widersacherin spöttisch an. »Nein danke. Ich suche lieber alleine.«

»Wie du willst«, antwortete Hexobine spitz. »Aber beklage dich nicht, wenn ich den Hexenzopf vor dir finde.«

»Keine Sorge«, antwortete Petronella und folgte weiter dem Pfad ins Moor.

»Glaubst du wirklich, die Hexen haben die Nuss im Moor versteckt?«, fragte Lucius.

Petronella nickte. »Ich kenne sie lange genug. Der Hexenrat liebt schwere, fiese Verstecke.«

»Pst«, machte da jemand leise. »Pst!«

Petronella sah sich suchend um und entdeckte zwischen den Binsen einen dicken Feldhamster.

»Isch habe schie«, flüsterte er.

»Was?« Neugierig sah die Apfelhexe den kleinen Kerl an. »Wen hast du?«

»Die Nusch«, nuschelte er. Er hatte sich die Backen mit köstlichen Sämereien vollgestopft und konnte nicht mehr deutlich sprechen.

»Die Nusch?«, wiederholte Petronella.

»Ja«, sagte der Hamster. »Scholl ich schie holen?«

»Du meinst die Nuss!«, rief Petronella und schlug sich sofort die Hand vor den Mund. »Ist sie golden?«

»Ischt schie«, grunzte der Hamster. »Warte hier, isch bin gleisch wieder schurück.« Er flitzte über die Grasbüschel davon und war sofort wieder da. »Hier!«

Petronella traute ihren Augen nicht. Der Hamster hatte seine Backentaschen ausgepackt und hielt jetzt eine goldene Nuss zwischen den Zähnen.

»Woher hast du sie? Und warum hast du sie für mich aufgehoben?«, fragte Petronella erstaunt.

»Der Haspelwald hat tausend Ohren«, sagte der Hamster. »Wir wissen längst, dass du eine Prüfung zu bestehen hast. Als vorhin drei Hexen auf ihren Besen über das Moor donnerten und dieses glänzende Etwas wegwarfen, habe ich mir gedacht, ich hebe es besser auf, bevor die andere Hexe es findet.«

»Du bist ein Schatz!«, freute sich Petronella. Dann sah sie den Hamster nachdenklich an. »Kennen wir uns?«, fragte sie.

»Allerdings. Ich heiße Kasimir, und du hast mir im letzten Winter einen Dorn aus der Pfote gezogen.«

»Kasimir, natürlich! Hab tausend Dank!«, lachte Petronella und sah sich um. »Jetzt muss ich bloß noch die Schale der Nuss knacken …«

»Kein Problem.« Der Hamster biss einmal zu, und die Nuss splitterte zwischen seinen Zähnen. Schnell nahm Petronella ihm den Zettel aus dem Mäulchen und fing an zu lesen: »Gleich hinter den Krötensümpfen werdet ihr die Nase rümpfen. Zwischen Dornen, Berg und Seen findet ihr das Tal der Feen …«

Zack! Da schnellte eine Hand hervor, und Hexobines flinke Augen flogen über den Zettel. »Na also!«, rief sie. »Auf zum Tal der Feen!«

Die Hexe wollte sich gerade in eine Krähe verwandeln, als der Hamster den Saum ihres Mantels mit den Zähnen packte und festhielt.

»Was soll das?!«, schrie Hexobine. »Lass sofort meinen Mantel los, oder du wirst mit mir in die Luft steigen.«

Petronella zögerte nicht länger. Sie drehte sich um und sprang wie eine Seiltänzerin über die grünen Grasbüschel, die den Pfad durch das Moor bildeten.

Hexobine, die es endlich geschafft hatte, den Hamster abzuschütteln, sah der Apfelhexe wütend nach. »Moormann!«, schrie sie. »Tu das, wozu du geschaffen bist!« Und mit diesen Worten verwandelte sie sich in eine Krähe und stieg hoch in die Luft.

Petronella war noch nicht weit gekommen, da fing das Moor um sie herum an zu brodeln. Wasser quoll aus dem Boden, und ein Moormann tauchte neben ihr auf.

Mit seinen schlammigen Armen versuchte er, nach der kleinen Hexe zu greifen. Flink wich die Apfelhexe ihm aus.

»Steig auf meinen Rücken!«, rief Lucius, der sich wieder auf ihrem Cape niedergelassen hatte. Petronella schüttelte die Apfelkerne, und noch während sie schrumpfte, nahm der Käfer sie auf seinen Rücken und stieg mit ihr hoch in die Luft. Keinen Moment zu früh. Immer mehr Wasser stieg an die Oberfläche und verwandelte das Krötenmoor in einen gefährlichen dunklen See.

»Wie gut, dass du da bist!«, rief Petronella.

»Leider bin ich nicht halb so schnell wie eine Krähe«, brummte Lucius. »Ich fürchte, wir werden sie nicht mehr einholen.«

Wenn Wetterhexen hexen

Auf der Festwiese hatte man mit angehaltenem Atem verfolgt, was im Krötenmoor vor sich ging. »Das ist ja spannender als ein Trollkampf!«, rief die Oberhexe.

Lea und Luis bissen sich auf die Lippen und ballten die Fäuste. So sehr sorgten sie sich um ihre Freundin. »Wenn wir ihr bloß helfen könnten.« Die Zwillinge starrten weiter in die riesige Kristallkugel und mussten beobachten, wie der Abstand zwischen Lucius und der schwarzen Krähe größer und größer wurde. Plötzlich drehte sich Lea suchend um. »Wo sind eigentlich Petronellas Schwestern geblieben?«

Luis ließ seinen Blick über den Festplatz schweifen. »Ich glaube, sie sind hinter dem Zelt mit den Wichtelmützen«, sagte er.

»Und was machen sie da?«, wunderte sich Lea.

»Lass uns nachsehen!« Die Zwillinge drängelten sich durch die Hexenmenge, die noch immer gebannt auf die Zauberkugel starrte, und liefen zum Zelt der Wichtelmützenverkäuferin. Und wirklich. Gut versteckt, saßen dort Petronellas Schwestern und hatten ihre eigene

Kristallkugel vor sich aufgestellt. Alle drei hielten ihre ausgestreckten Hände darüber und murmelten in einem seltsamen Singsang:

»Wind von Norden, Osten, Westen,
eil herbei, wir rufen dich!
Sollst das Krötenmoor zerzausen,
Bäume schütteln fürchterlich.
Wind, geschwind, himmlisches Kind!«

»Sie rufen den Sturm herbei, schau nur«, flüsterte Lea.

Und wirklich. Das moorige Wasser fing an, sich zu kräuseln. Binsen und Wollgras bogen sich, als aus dem Wind ein Sturm und schließlich ein Orkan wurde.

Für Lucius und Petronella kam der Sturm völlig überraschend. Verzweifelt versuchte der Hirschkäfer, gegen den Wind anzukämpfen. Ohne Erfolg. Seine Kräfte reichten nicht aus. Jetzt flogen sie sogar rückwärts. Petronella musste sich tüchtig festklammern, um nicht vom Käfer hinuntergepustet zu werden. »Es hat keinen Sinn!«, rief sie gegen den Wind.

Und auch Hexobine hatte keine Chance gegen den Sturm. Er fuhr ihr einfach unter die Flügel und trug sie bis an den Rand des Moors zurück. Wütend nahm sie ihre menschliche Gestalt an und musste sofort den Kopf einziehen, denn in diesem Moment segelten Petronella und Lucius haarscharf an ihrem Kopf vorbei und landeten neben der Hexe im Farn. Sofort schüttelte Petronella ihre magischen Apfelkerne. Jetzt war sie mit Hexobine wieder auf Augenhöhe. Sie rückte ihren Hut zurecht und setzte sich Lucius auf die Schulter.

»Das hat ja prima geklappt!«, brummte der Käfer.

Da hörte man plötzlich ein seltsames Knistern.

»Potz Blitz!«, rief Hexobine. Und auch Petronella traute ihren Augen nicht. Das Wasser auf dem Moorsee erstarrte, und blanke Eiskristalle überzogen die dunkle Fläche.

»Der See friert zu!«, rief Hexobine verblüfft. Dann lachte sie. »Das ist ja fantastisch!« Mit langen Schritten lief die große Hexe über das Eis. »Fang mich doch, wenn du kannst!«, rief sie übermütig und landete, zack!, auf dem Po. Denn so einfach, wie Hexobine es sich vorstellte, kam sie auf der spiegelglatten Fläche nicht voran. Zumal ihr der Wind noch immer kräftig ins Gesicht blies.

»Worauf wartest du? Willst du Hexobine nicht einholen?«, summte Lucius aufgeregt.

Aber Petronella hörte ihm gar nicht zu. Ein Lächeln breitete sich auf ihrem Gesicht aus. »Ihr könnt rauskommen!«, rief sie. Plötzlich tauchten aus dem Farn ringsherum die Apfelmännchen auf.

»Das hätten wir sowieso getan«, grinste Spargelzahn.

»Hat ja eine ganze Weile gedauert, bis du gemerkt hast, dass wir da sind«, stichelte Rübenbach.

»Ihr wart die ganze Zeit in der Nähe?«

»Na logisch«, lachte Gurkenhut. »Wir sind dir durch die Mittwochstür gefolgt, gleich nachdem du aufgebrochen bist.«

»Und niemand hat es bemerkt«, freute sich Bohnenhals. »Alle hatten nur Augen für Hexobine, die das Suchsel ebenfalls gelöst hatte.«

»Aber jetzt lasst uns die Hexe endlich einholen!«, sagte Gurkenhut.

»Wenn das so einfach wäre, Gurkenhütchen. Hexobine hat lange Beine …«

»Es ist einfacher, als du denkst«, unterbrach sie der Apfelmann. Zu Petronellas Verblüffung legten sich die Apfelmännchen aufs Eis und formten ihre Körper zu Schlittenkufen.

Spargelzahn hielt sich an Karottenwams fest, und daneben griff Rübenbach nach Bohnenhals' Füßen.

Gurkenhut bildete die Sitzbank und hielt alles zusammen.

»Steigt endlich auf. Lange kann ich mich nicht an Karottenwams' Käsefüßen festhalten«, knurrte Spargelzahn.

Die Apfelhexe setzte sich vorsichtig auf Gurkenhuts Rücken und stellte einen Fuß links und den anderen rechts auf die Apfelmannkufen.

»Sehr schön«, lobte Gurkenhut. »Wenn deine Schwestern uns jetzt den passenden Wind schicken, ist der

Drops gelutscht, und Hexobine muss sich warm anziehen.«

Petronellas Schwestern auf dem Festplatz hatten den Apfelmann natürlich gehört. Sie sorgten dafür, dass der Wind sich drehte. Jetzt brauchte Petronella bloß noch ihren Hut wie ein Segel vor sich zu halten, und schon trieb der Wind den Apfelhexenschlitten in flottem Tempo über das Eis.

Für Hexobine kam das sehr überraschend. Sie verlor das Gleichgewicht, als der Wind so plötzlich die Richtung änderte. Platt wie eine Flunder lag sie auf dem zugefrorenen Moorsee und schüttelte wütend die Faust, als Petronella auf den johlenden Apfelmännchen an ihr vorbeifuhr.

»Hohoho, hihihi!«, lachten die Apfelmännchen. »Vorsicht! Rutschgefahr!«

»Das ist Betrug!«, wetterte Hexobine und versuchte, auf der spiegelglatten Fläche aufzustehen.

»Juhuuu!«, jubelten die Zwillinge, die alles mit angesehen hatten.

Die Hexenschwestern fuhren herum. »Was habt ihr hier zu suchen?«, fragte Merlina streng.

»Wisst ihr nicht, was passiert, wenn Kinder Hexen beim Hexen beobachten?«, rief Belinda.

»Wir sind keine Kinder«, sagte Luis schnell. »Wir sind eine Hexe und ein Magier.«

»Aber nur für ein paar Stunden«, knurrte Wilma. Die Schwestern tauschten einen Blick. »Na gut«, sagten sie schließlich. »Ihr seid Petronellas Freunde und steht deshalb auch unter unserem Schutz. Aber lasst euch das eine Lehre sein. Beobachtet niemals eine Hexe heimlich beim Zaubern, verstanden?«

»Verstanden«, antworteten Lea und Luis kleinlaut. »Dürfen wir trotzdem hierbleiben und in eure Zauberkugel gucken?«

»Meinetwegen«, brummte Wilma, und die Hexen rückten ein Stück zusammen, damit Lea und Luis sich zu ihnen setzen konnten.

Dachs und Uhu

Mit Hilfe des Apfelmännchenschlittens und kräftigem Rückenwind hatte Petronella die gegenüberliegende Seite des Krötenmoors schnell erreicht.

»Ich weiß gar nicht, wie ich euch danken soll«, sagte die kleine Hexe gerührt, als alle fünf Apfelmännchen wieder vor ihr standen.

»Dann lass es einfach«, griente Spargelzahn.

»Dafür sind Freunde nun mal da«, grinste Karottenwams.

»Ich fürchte allerdings, bis ins Tal der Feen können wir dich nicht begleiten«, sagte Gurkenhut. »Diese Gegend ist nicht ungefährlich. Der Bogen, den wir um das Dorf der Torftreter machen müssten, würde uns viel Zeit kosten. Es ist besser, wenn du fliegst.«

»Torftreter?« Petronella schnüffelte und rümpfte die Nase.

Tatsächlich lag der Geruch von fauligem Fisch in der Luft.

»Gleich hinter den Krötensümpfen werdet ihr die Nase rümpfen …«, zitierte Lucius den Spruch aus der Nuss.

Petronella verzog das Gesicht. »Es scheint, als wären wir auf dem richtigen Weg.«

»Das seid ihr!« Die Apfelmännchen winkten ihrer Freundin zum Abschied zu.

Petronella drehte sich um und wollte schon loswandern, da summte Lucius: »Du hast doch gehört, was Gurkenhut gesagt hat. Es ist gefährlich, zu Fuß zu gehen! Oder willst du, dass uns ein Torftreter erwischt? Steig auf meinen Rücken. Wir fliegen. Ich habe mich inzwischen erholt.«

»Bist du sicher?« Petronella sah den Hirschkäfer forschend an.

»Natürlich. Steig auf!«

Dankbar nahm die Apfelhexe Lucius' Angebot an. Torftreter waren Verwandte der Bergtrolle und genauso übellaunig wie ihre Brüder. Mit Vorliebe ernährten sie sich von fauligem Fisch, den sie so lange vor sich hin gammeln ließen, bis er einen unerträglichen Gestank verbreitete. Und so aßen sie ihn dann am liebsten.

Die Apfelhexe schüttelte die silbernen Kerne und stieg auf Lucius' Rücken. Sofort flog der Käfer los. Je näher sie dem Lager der Torftreter kamen, desto beißender wurde der Geruch. Petronella musste sich die Nase zuhalten, als sie das Lager der finsteren Gesellen überflogen. Sie erlaubte sich nur einen kurzen Blick nach unten. Die Torftreter gingen gerade ihren Lieblingsbeschäftigungen nach: Prügeleien veranstalten und Fische vergraben. Lucius flog, so schnell er konnte, und bald hatten sie die stinkende Siedlung hinter sich gelassen.

Im Nu war die Luft wieder wunderbar frisch, und funkelnde Sterne standen am Himmel. Plötzlich stieß der Käfer ein erfreutes Brummen aus. »Da ist es! Wir sind gleich da.«

Und wirklich, verborgen hinter hohen Bergen lag das Tal der Feen.

Sehen konnte Petronella es noch nicht, dazu lag es zu versteckt. Aber man konnte die Stelle sehr gut an dem Sternschnuppenregen erkennen, der darüber niederging.

»Können wir direkt dorthin fliegen?«, erkundigte sich die kleine Hexe.

»Ich fürchte nicht«, schnaufte Lucius. »Ich bin nur ein Käfer, und der Berg ist sehr hoch.«

Und so war es. Je näher sie dem Feental kamen, desto höher ragten die Felsen vor ihnen auf.

Petronella bekam sofort ein schlechtes Gewissen. »Du Ärmster!«, rief sie. »Ich habe nur noch diese blöde Auszeichnung im Kopf. Dabei brauchst du dringend eine Pause. Ab jetzt werde ich dich tragen. Siehst du den kleinen Grasflecken am Fuße des Berges? Da können wir prima landen.«

Lucius wollte zwar protestieren, aber Petronella hatte sich entschieden. »Wir werden einen anderen Weg ins Tal der Feen finden.«

Da der Hirschkäfer wirklich müde war, ließ er sich dankbar zu dieser Pause überreden. Er flog eine enge Kurve und landete im Gras. Petronella stieg von seinem Rücken und wuchs mit Hilfe der Apfelkerne zu ihrer normalen Größe heran. »Erinnerst du dich noch, was auf dem Hinweis in der Nuss stand?«

»Gleich hinter den Krötensümpfen werdet ihr die Nase rümpfen«, wiederholte Lucius.

»Und danach? Was kam danach?« Petronella wurde ganz aufgeregt.

»Hinter Dornen, Berg und Seen findet ihr das Tal …«

»Das ist es, Käferlein«, unterbrach Petronella ihren Freund. »Schau dich doch bloß mal um. Der Berg ist zu hoch. Die Seen liegen zu gut versteckt. Aber hier, direkt vor unserer Nase, wächst eine dichte Schwarzdornhecke.«

»Da kommen wir niemals durch«, brummte Lucius.

Petronella rieb sich die Nasenspitze. »Und doch muss

es einen Weg durch die Hecke geben. Nicht umsonst wurden Seen, Berg und Dornen erwähnt. Es sind die drei Zugänge zum Feental.«

Petronella setzte den Hirschkäfer auf ihren Hexenhut und schritt die Schwarzdornhecke entlang.

»Sie ist sehr hoch«, summte Lucius.

»Sie ist vor allem magisch«, seufzte Petronella. »Siehst du, wie sich die Zweige an ihrem oberen Ende bewegen? Das sind Schwarznattern, die aufpassen, dass niemand rüberklettert.«

Lucius schluckte. »Nattern fressen Käfer«, summte er.

»Schwarznattern fressen sogar Trolle«, antwortete Petronella düster.

»Krah!« Die Apfelhexe sah sich erschrocken um. Eine schwarze Krähe nahm Kurs auf den Berggipfel. »Wir sehen uns später, ihr Fußgänger!«, krähte Hexobine Höckerbein und ließ sich von einem Luftstrom in die Höhe tragen.

»Oh nein, wie sollen wir sie jetzt noch einholen?!«, rief Lucius.

»Aufgeben kommt nicht in Frage«, erklärte die Apfelhexe prompt. »Und wenn ich zu Fuß über den Berg gehen muss.«

»Den Weg kannst du dir schenken. Bis du auf dem Berg bist, ist Weihnachten«, brummte Lucius.

Da räusperte sich jemand ganz in der Nähe. »Vielleicht darf ich einen Vorschlag machen?«

Erstaunt drehte sich Petronella um. Direkt hinter ihr stand ein Dachs und blinzelte sie freundlich an.

»Wo kommst du denn her, alter Grimbart?«, erkundige sich die Apfelhexe.

»Ich habe eure Stimmen gehört, und da ich sowieso gerade einen Nachtspaziergang mache, habe ich gedacht, ich schaue mal nach, was da los ist. Du bist doch Petronella, die Apfelhexe, oder?«

»Die bin ich«, antwortete Petronella.

Der alte Dachs lachte freundlich. »Wie man sich erzählt, bist du auf der Suche nach dem goldenen Hexenzopf.«

»Ganz recht.«

»Dann trifft es sich gut, dass sich mein Bau unter der Schwarzdornhecke befindet.«

Petronella konnte ihr Glück kaum fassen. »Wirklich? Und … Und hat er auch einen Ausgang ins Tal der Feen?«

Der Dachs schmunzelte. »Hat er. Du musst allerdings den Kopf einziehen, um dorthin zu gelangen.«

»Da habe ich eine bessere Idee«, lachte die kleine Hexe und schrumpft mal wieder mit Hilfe der Apfelkerne. »So könnte es passen. Vielleicht dürfen Lucius und ich uns in deinen Pelz setzen, dann kannst du uns schnell durch deine Wohnung tragen. Wir wiegen auch nicht viel.«

»Mit dem größten Vergnügen«, antwortete der Dachs. Eilig kletterten Lucius und Petronella auf seinen Rücken und rutschten bis nach vorne zwischen seine Ohren.

»Seid ihr bereit?«, grunzte der Dachs.

Petronella wollte gerade das Okay geben, als sie die auf-

geregten Schreie einer Krähe hörten. Hexobine schoss im Sturzflug hinab, drehte ein, zwei Pirouetten und stieg dann wieder hoch in die Luft.

»Was ist da los?«, rief Lucius.

»Die Krähe wird Bekanntschaft mit dem großen Bubo gemacht haben«, vermutete der Dachs.

Und so war es tatsächlich. Hexobine schoss im Zickzack über sie hinweg und blickte sich immer wieder ängstlich um. Jetzt sahen Petronella und Lucius, dass sie von einem mächtigen Uhu verfolgt wurde, der wütend nach ihren Schwanzfedern schnappte.

»Wir haben also noch eine Chance«, brummte der Hirschkäfer zufrieden.

Das Tal der Feen

Im Dachsgalopp trug sie das Mardertier durch die unterirdischen Gänge, die es mit kräftigen Pfoten unter dem Wurzelwerk der Dornenhecke gegraben hatte.

Hier und da mussten Petronella und Lucius sich zwischen seine Ohren ducken, um nirgendwo anzustoßen, aber das machte den beiden nichts aus. Im Nu hatten sie den Ausgang zum Feental erreicht.

Es brauchte einen Moment, bis Petronella und Lucius bereit waren abzusteigen. So schön war der Blick in das Tal der Feen. Obwohl es noch recht früh im Jahr war, grünte und blühte es hier in voller Pracht, und der Feenhügel schimmerte geheimnisvoll im Dunkeln.

Schließlich gab sich die Apfelhexe einen Ruck und rutschte vom Rücken des Dachses. »Hab vielen Dank für deine Hilfe«, sagte sie.

»Nicht der Rede wert«, antwortete der Grimbart. »Aber ab hier müsst ihr allein weitergehen.« Und mit diesen Worten verschwand er wieder in seinem Bau.

Erst jetzt fielen Petronella die Wächterfeen auf, die an der Grenze des Feentals auf und ab flogen. Schnell

schüttelte die kleine Hexe die Apfelkerne in ihrer Tasche und passte sich der Größe der Feen an. Keine Sekunde zu früh. Denn schon hatten die Wächterfeen sie entdeckt und stürmten auf sie zu. »Wie hast du es geschafft, unser Tal zu betreten?«, fragte eine junge aufgeregte Fee. Sie hielt eine winzige Lanze aus Eibenholz in den Händen und fuchtelte damit ungeduldig vor Petronellas Nase herum.

»Das war nicht schwer. Ich bin eine Apfelhexe und kann durch Berge und Dornenhecken gehen«, schwindelte Petronella. Ihre Worte schienen Eindruck auf die junge Fee zu machen, denn sie beriet sich mit drei anderen Wächterfeen.

»Also gut«, sagte sie dann. »Was willst du hier?«

»Ich möchte zu eurer Königin. Sie hütet den goldenen Hexenzopf, den ihr die Hexen gebracht haben. Und ich will ihn abholen.«

Erneut tuschelten die Feen miteinander. »Es stimmt, was du sagst. Es waren zwei Hexen hier. Mehr dürfen wir nicht verraten.«

Petronella lächelte. »Das braucht ihr auch nicht. Ich habe nur noch eine Frage: Wie heißt eure Königin?«

»Ferillis«, antworteten die drei Feen wie aus einem Mund.

»Ich werde mir ihren Namen merken«, sagte die Apfelhexe und sah sich auf dem Tanzplatz der Feen um. »Der Mond scheint heute Nacht so wundervoll. Warum ist der Feenhügel verschlossen? Normalerweise tanzt das Feenvolk in solchen Nächten doch bis zum Morgengrauen.«

»Die Antwort darauf musst du alleine finden«, antwortete eine der Feen und flatterte mit den anderen davon.

Lucius sah ihnen verträumt hinterher. »Was für wunderschöne Geschöpfe Feen doch sind«, summte er. Dann wandte er sich an Petronella. »Hast du eine Idee, wie es weitergeht? Oder müssen wir noch mal nach einem Hinweis suchen?«

Die Apfelhexe schüttelte den Kopf. »Nicht nötig. Wir müssen uns nur Zutritt zum Feenhügel verschaffen. Ich wette meinen Hut darauf, dass Ferillis dort mit dem Hexenzopf auf uns wartet.«

»Du … du willst …?« Lucius schlug aufgeregt mit den Flügeln. »Niemand kann einfach so einen Feenhügel betreten. Das ist dir doch klar?«

Petronella lächelte. »Vertrau mir. Ich weiß, was zu tun ist. Eigentlich ist es ganz leicht.«

Zielstrebig führte sie Lucius zum Feenhügel, der still und geheimnisvoll zwischen Ehrenpreis und Fingerhut lag. »Und jetzt pass auf«, flüsterte die Apfelhexe. Sie pflückte zwei Blüten des Fingerhuts, nahm ihren Hut ab, und setzte sich eine Blüte auf den Kopf. Die andere zog sie Lucius einfach über die Greifzangen.

»Was soll das?«, protestierte der Hirschkäfer.

»Das wirst du gleich sehen. Komm mit!«

In diesem Moment ertönte Hexobines gefürchtetes Krächzen. Im Sturzflug schoss die Hexe auf sie zu. Diesmal hatte sie den Uhu ausgetrickst, und niemand konnte sie mehr aufhalten. Sie landete direkt neben dem Feenhügel und nahm sofort ihre menschliche Gestalt an.

»Fingerhut. Sieh an. Ich habe mir schon gedacht, dass eine Apfelhexe das Geheimnis eines Feenhügels kennt!«

Petronella war zwar erschrocken, als Hexobine neben ihr landete, doch jetzt wollte sie keine Zeit mehr verlieren.

»Schnell, Lucius!«, rief sie und strich dreimal über das weiche Gras, das den Feenhügel bedeckte. Sofort erschien eine kleine runde Tür, die gerade groß genug war, um eine Fee eintreten zu lassen. Die kleine Apfelhexe und der Hirschkäfer zögerten keine Sekunde und schlüpften hinein.

»Arrrr!«, schrie Hexobine. »Wartet gefälligst auf mich!«

Doch da waren bereits die Wächterfeen zur Stelle. Wie ein Schwarm wilder Hummeln attackierten sie Hexobine von allen Seiten.

»Was seid ihr für ein lästiges Volk!«, schimpfte die Hexe und wischte die kleinen Feen mit einer unwilligen Handbewegung zur Seite. Schnell rupfte sie eine Blüte des Fingerhuts ab und betrachtete sie missmutig. »Ein bisschen zu klein für meinen Kopf«, stellte sie fest. Doch dann hatte sie eine Idee. Sie legte den Kopf in den Nacken und setzte sich die Blüte des Fingerhuts einfach auf ihre Nasenspitze. Es machte plopp!, und Hexobine schrumpfte tatsächlich auf Feengröße.

»Was sagt ihr nun?!«, rief sie den wütenden Wächterfeen triumphierend zu.

Doch die brachen in glockenhelles Gelächter aus. »Keine gute Idee«, kicherten sie. »Jetzt bist du genauso groß wie wir. Pass auf, dass dir unsere Spieße nicht zu nahe kommen.« Und während die einen Feen Hexobine in Schach hielten, pustete eine andere in das verlassene Gehäuse einer Posthornschnecke.

»Tuuut!«, machte es und noch einmal: »Tuuut!«

»Was soll das?«, rief Hexobine. »Nehmt gefälligst eure Spieße aus meinem Gesicht!« Wütend riss sie sich die Blüte des Fingerhuts wieder von der Nase. Sie glaubte, dass sie dann wachsen würde. Doch das war ein Irrtum. Wurde man durch einen Fingerhutzauber geschrumpft, fing man erst wieder an zu wachsen, wenn

man einen Feenhügel verließ. Doch dazu musste man ihn erst einmal betreten. Hexobine wurde also nicht größer, aber dafür geschah etwas anderes … Und das war ganz und gar nicht nach ihrem Geschmack. Durch das Posthorn angelockt, bahnte sich eine langbeinige Zitterspinne ihren Weg durch das Gras. Kaum hatte sie die Hexe entdeckt, stürzte sie sich auch schon auf sie und wickelte sie mit ihren Spinnwebfäden so fest ein, dass nur noch der Kopf herausschaute.

»Hör sofort damit auf, Papa Langbein!«, schrie Hexobine. »Du weißt wohl nicht, mit wem du es zu tun hast?«

»Und du weißt offenbar nicht, mit wem du es zu tun hast!«, erwiderten die Feen. »Wir sind Waldfeen, und wir dulden keine Raubhexen in unserem Tal.«

»Raubhexe?!«, kreischte Hexobine. Sie lag eingesponnen wie eine Raupe auf dem Boden. »Ich bin Hexobine Höckerbein und auf der Suche nach dem goldenen Hexenzopf, genau wie die Apfelhexe, die gerade in eurem Feenhügel verschwunden ist.«

»Kannst du das beweisen?«, fragte eine Wächterfee.

Hexobine ballte unter den Spinnweben wütend die Fäuste.

Im Feenhügel

Im Innern des Feenhügels war es dunkel. Sehr dunkel. Selbst Petronellas geübte Hexenaugen konnten die Hand vor Augen nicht sehen. Trotzdem tappte die Apfelhexe entschlossen voran. Lucius hatte sich mit seinen mächtigen Greifzangen an Petronellas Umhang geklammert und folgte seiner Freundin immer weiter ins Innere des Bergs.

»Das muss ein mächtiger Zauber sein, der meine Augen im Dunkeln blind macht«, murmelte Petronella.

Sie hatte den Satz kaum ausgesprochen, da flammten rundherum kleine Lichter auf. Erstaunt stellte die Apfelhexe fest, dass sie sich nicht in einem engen Gang, sondern in einer großen Halle befanden. An den Wänden glitzerten Kristalle, und ein Wasserfall ergoss sich in ein Becken aus Stein. Vögel zwitscherten, und ein Teppich aus Schlüsselblumen führte geradewegs vor den Wagen der Feenkönigin, der von sechs weißen Mäusen gezogen wurde.

»Guten Abend«, begrüßte die Feenkönigin Ferillis die beiden Besucher.

Lucius hatte noch nie in seinem Leben eine lieblichere Stimme gehört.

»Wie schön, dass ihr den Weg zu mir gefunden habt. Ich habe schon auf dich gewartet, Apfelhexe.« Ferillis lächelte freundlich.

»Du hast mich erwartet?«, fragte Petronella erstaunt. »Es hätte auch Hexobine vor dir stehen können.«

Ferillis lachte ein silberhelles Lachen. »So tollpatschig, wie sie sich angestellt hat, hätte sie den Feenhügel schon aufbrechen müssen, um hereinzukommen. Und das wäre ihr niemals gelungen.«

»Wie gut, dass du das Geheimnis des Fingerhuts kennst«, flüsterte Lucius Petronella ins Ohr.

Doch die Feenkönigin hatte ihn gehört. »Es liegt nicht allein am Fingerhut«, sagte sie. »Wusstet ihr nicht, dass Apfelbäume Feenpflanzen sind?«

Petronella nickte. »Natürlich weiß ich das. Ich habe im Sommer oft Besuch vom kleinen Volk.«

»Na also«, lächelte Ferillis. »Und da du eine Apfelbaumhexe bist, hat dir der Feenhügel Zutritt gewährt.«

»Und warum durfte ich den Hügel betreten?«, fragte Lucius. »Sind wir Hirschkäfer dann vielleicht auch Feentiere?«

Ferillis sah ihn nachdenklich an. »Feentiere sind

Schimmel, Schwan und Hirsch. Aber offensichtlich darf es auch ein Hirschkäfer sein.« Sie lächelte und griff nach einer Schatulle, die neben ihr lag. »Dieses kleine Kästchen wurde mir von zwei Hexen übergeben. Und da du es bis in den Feenhügel geschafft hast und nun vor mir stehst, bin ich sicher, dass du die rechtmäßige Empfängerin bist.« Ferillis öffnete die Schatulle und hielt sie Petronella entgegen. Die Apfelhexe holte tief Luft. Da lag er, der goldene Hexenzopf. Nach feinster Zwergenkunst

gefertigt und zu einer wundervollen Brosche verarbeitet. Mild glänzte er im Licht der Laternen.

»Du hast ihn dir verdient, Petronella«, sagte die Feenkönigin und überreichte ihr die Schatulle. Anschließend hob sie sachte, die Hand. Die Luft fing an zu flimmern, und eine Tür erschien mitten im Raum.

»Hab vielen Dank«, sagte die Apfelhexe. »Vielleicht sehen wir uns wieder.«

»Ich würde mich freuen«, antwortete die Feenkönigin.

»Also, auf ein Wiedersehen«, lächelte Petronella. Sie ging zur Tür und hatte die Klinke schon in der Hand, da drehte sie sich noch einmal um. »Was geschieht jetzt mit Hexobine?«

Die Feenkönigin runzelte die Stirn. »Soweit ich weiß, liegt sie eingesponnen vor meinem Feenhügel. Ich werde die Wächterfeen anweisen, sie freizulassen, sobald du zum Hexentanzplatz zurückgekehrt bist.«

»Das ist sehr freundlich«, antwortete Petronella.

»Ja, sehr freundlich«, summte Lucius und schob seine Freundin energisch durch die Tür.

Der Lärm, den die Hexen machten, als Petronella und Lucius mit dem Hexenzopf aus der Mittwochstür traten, war ohrenbetäubend. Sie warfen ihre Hüte in die Luft und riefen: »Heißa, Petronella! Trägerin des goldenen Hexenzopfes!«

Auch die Zwillinge und Petronellas Schwestern waren sofort zur Stelle. »Gut gemacht, Schwesterchen«, lobten die drei.

»Ich bin so froh, dass du wieder da bist!«, rief Lea.

»Und ich erst«, grinste Luis.

»Jetzt zeig uns schon den Zopf!«, krähte eine schimmelgrüne Sumpfhexe.

»Ja, zeig ihn uns!«, verlangten auch die anderen Hexen.

Petronella stellte die Schatulle vor dem Hexenrat auf den Tisch und öffnete sie. Ein Raunen ging durch die Menge. Wohlwollend sah Pestilla, die Oberhexe, Petronella an. »Respekt«, sagte sie dann. »Hexobine war keine leichte Gegnerin. Und obwohl ihr beide geschummelt habt, hast du dir diese Auszeichnung redlich erkämpft.« Mit diesen Worten nahm sie die Brosche heraus und heftete sie an Petronellas Kleid. »Herzlichen Glückwunsch!« Auch die ehrwürdigen Hexen des Hexenrates standen auf und schüttelten Petronella die Hand.

»Gut gemacht.«

»Saubere Arbeit!«

»Vielleicht sitzt du bald neben mir im Hexenrat«, scherzte Runa, die alte Watthexe.

»He, den Platz habe immer noch ich inne«, erinnerte sie Linette Kater, die Kräuterhexe.

Petronella bekam vor lauter Glück ganz heiße Ohren. Dann stieg sie unter dem Jubel der anwesenden Hexen auf den Tisch und präsentierte ihnen den magischen Orden.

In diesem Moment flog die Mittwochstür in der Rotbuche auf, und Hexobine Höckerbein stieg heraus. Ihr Hut und der Mantel waren über und über mit Spinnweben bedeckt. »Das war Betrug!«, giftete sie. »Ich hätte jetzt mit dem goldenen Hexenzopf vor euch stehen können, wenn Petronella nicht von Anfang an betrogen hätte.«

Pfiffe ertönten.

»Buuuuh!«, riefen die Hexen. »Wir haben alles mit angesehen. Du bist die Betrügerin!«

»Frechheit!«, keifte Hexobine zurück. »Ihr habt wohl Tomaten auf den Augen.«

»Suchst du Streit?!«, rief eine besonders kräftige Hexe.

»Ihr könnt mich mal an meinen Schwanzfedern ziehen!«, rief Hexobine wütend. Und im nächsten Moment verwandelte sie sich in eine Krähe und flog krächzend davon.

Petronella sprang vom Tisch, und die Oberhexe klatschte in die Hände. »Ich finde, nach all der Aufregung kann uns ein vergnüglicher Tanz um das Hexenfeuer nicht schaden. Kapelle!«, rief sie dröhnend. Sofort waren die Musikanten zur Stelle und spielten ein fröhliches Lied, in dem sich Weh auf Zeh und Oh auf Po reimte. Alle Hexen fassten sich an den Händen und bildeten einen großen Kreis rund um das Hexenfeuer. Nur Petronella zögerte. »Habt ihr vielleicht irgendwo die Apfelmännchen gesehen?«, fragte sie.

»Ich glaube, da sind sie«, summte Lucius auf Petronellas Hutkrempe. Und wirklich. Gurkenhut und seine Männer bahnten sich einen Weg durch die Menge. »Das war ein langer Weg vom Krötenmoor zum Hexentanzplatz«, sagte Gurkenhut. »Aber wenn es etwas zu feiern gibt, dann sind wir dabei! Herzlichen Glückwunsch, Petronella!«, riefen sie und reihten sich in den Reigen ums Hexenfeuer ein. Petronella lächelte glücklich. Sie nahm Lea links und Luis rechts an die Hand.

»Sind alle bereit?«, dröhnte die Oberhexe.

»Sind wir!«, riefen die Hexen. Und dann ging er los, der Tanz ums Hexenfeuer.

Ein wundervolles Hexenfest

Die Zwillinge hatten noch nie einen solchen Spaß gehabt, wie beim Tanz ums Hexenfeuer. Mal hüpften sie singend linksherum, dann hielten sie sich an den Händen und liefen rechtsherum. Schneller und immer schneller drehte sich der Reigen der Hexen. »Heißa und juchhe!«, riefen sie. Das Lagerfeuer schickte knisternde Funkenbündel in den Himmel, und die eine oder andere Hexe wagte sogar den Sprung durch die Flammen.

Auf einmal zupfte Lea Petronella am Ärmel. »Ich würde so gerne noch einmal alleine auf einem Besen reiten«, sagte sie.

»Ja«, nickte Luis eifrig. »Bevor der Cinderella-Zauber vergeht.«

»Und warum tut ihr es nicht einfach?«, fragte die Apfelhexe lachend.

»Wie denn?«, riefen die Kinder im Chor.

»Ihr habt es vielleicht schon gesehen. Hinter dem letzten Zelt haben wir einen Übungsplatz für Junghexen und angehende Magier eingerichtet.«

Die Zwillinge nickten. Ein bisschen neidisch hatten

sie die coolen Hexenschüler beobachtet, die mit geschulterten Besen auf dem Weg zum Übungsplatz waren.

»Aber wir haben doch keinen Besen«, sagte Lea.

»Das macht nichts. Die Besen könnt ihr euch leihen. Kommt mal mit.«

»Oh ja!«, riefen die Zwillinge. Mit Petronella an ihrer Seite konnte ihnen nichts geschehen.

Der Trainingsplatz für die Hexenschüler war großzügig mit Fackeln abgesteckt. Hier konnten Zaubersprüche ausprobiert und Besenreiten geübt werden.

»Blubber Püff!«, rief ein junger Magier und versuchte, eine Seifenblase aus der Spitze seines Zauberstabs zu locken. Aber außer etwas Seifenschaum zu produzieren, passierte nichts.

»Blubber Püff! Hörst du?!«, schrie der junge Zauberer wütend und stampfte mit dem Fuß auf.

»Es heißt Blubber Pöff«, sagte Petronella freundlich. Sofort erschienen große Trauben von Seifenblasen.

»Wie hast du das gemacht, ganz ohne Zauberstab?«, rief der Junge.

»In ein paar Jahren kannst du das auch«, antwortete die Hexe.

Sie führte Lea und Luis zu einer gemütlichen Kaminhexe, die hier die Aufsicht hatte.

»Guten Abend, Befana«, grüßte Petronella. »Hast du noch zwei Besen für Anfänger?«

»Anfänger oder absolute Anfänger?«

»Absolute Anfänger«, bestätigte Petronella. Lea und Luis sahen sich nervös um, ob das auch niemand gehört hatte.

»Hab ich«, sagte Befana. Und hielt, schwups, rechts und links einen kurzen Besen in der Hand.

»Dann steigt mal auf«, sagte sie.

Sofort klemmte sich Luis den Besen zwischen die Beine und machte ein paar zaghafte Hüpfer.

»Warte lieber«, sagte Lea.

Befana lachte. »Ihr scheint wirklich echte Anfänger zu sein. Ohne Zauberworte fliegt der Besen nicht.«

»Und wie lauten die Zauberworte?«, fragte Luis ungeduldig.

»Nach oben hinaus und nirgends an!«, riefen Petronella und Befana im Chor.

»Nach oben hinaus und nirgends an!«, rief Luis. Sofort stieg der Besen mit ihm hoch in die Luft. »Äääääh!«, schrie er. Es war entsetzlich hoch und ziemlich wackelig. Jetzt fing der Besen auch noch an, sich zu drehen. Er machte kleine Bocksprünge und stellte sich auf.

»Luis, pass auf!«, schrie Lea.

»Stopp! Hör auf!«, keuchte Luis. Der Besen machte einen letzten Hüpfer nach vorn und blieb dann ganz plötzlich in der Luft stehen. Der Junge verlor den Halt und rutschte vom Besen. Sofort öffnete sich unter ihm ein weißes Wattewölkchen und fing ihn auf. Luis konnte es zuerst gar nicht glauben. Doch dann breitete sich ein Grinsen auf seinem Gesicht aus. Er saß tatsächlich auf einer flauschigen Wattewolke, und ihm war nichts geschehen. Auch sein Besen kam sofort zu ihm zurück.

Lea, die sich erschrocken die Augen zugehalten hatte, atmete erleichtert auf.

»Keine Angst. Solange ihr auf einem Übungsbesen unterwegs seid, kann euch nichts passieren. Da passen wir Hexen schon auf«, sagte Petronella.

»Wirklich?«

Die Apfelhexe nickte.

»Gut. Dann will ich auch«, sagte Lea. »Nach oben hinaus und nirgends an«, flüsterte sie ihrem Besen zu und stieg gleich darauf ebenfalls in die Luft.

»Das ist total cool!«, rief Luis. Und ließ sich mit Absicht noch einmal in das weiße Wattewölkchen plumpsen.

»Runterfallen kann jeder«, sagte Lea. Sie hatte schon ein paar Reitstunden gehabt und lenkte ihren Besen wie ein struppiges Pony. Es funktionierte. Glücklich flog sie eine Runde über den Festplatz. Kurz darauf war ihr Bruder an ihrer Seite. »Ist das nicht superfantastisch und megacool?«, fragte er mit roten Wangen.

Lea schluckte und nickte. »Daran werde ich mich mein Leben lang erinnern.«

»Ich mich auch. Ich werde noch meinen Urururenkeln davon erzählen«, strahlte Luis und zischte in Richtung Hexenfeuer davon.

Lea beugte sich tief über ihren Besen. »Wer zuerst da ist!«, rief sie und flog ihrem Bruder hinterher.

© Olivier Favre

Sabine Städing wurde 1965 in Hamburg geboren und hat sich schon als Kind gerne Geschichten ausgedacht. Nach ihren drei Büchern rund um das Hexenmädchen Magnolia hat sie mit Petronella Apfelmus eine Hexenfigur für jüngere Leser geschaffen. *Petronella Apfelmus. Hexenfest und Waldgeflüster* ist bereits der siebte Band rund um die kleine Hexe und ihre Freunde. Weitere Abenteuer werden auf jeden Fall folgen.

© Privat

SaBine Büchner, geboren 1964 in Wuppertal, arbeitete als Sozialpädagogin in einem Kinderheim, bevor sie Kommunikationsdesign in Wuppertal und Animation an der Hochschule für Film und Fernsehen in Babelsberg studierte. Sie hat zahlreiche Bücher illustriert und auch eigene Bilderbücher veröffentlicht. Ihre Arbeiten wurden bereits mit verschiedenen Preisen ausgezeichnet. Ihre Bilder schmücken seit dem ersten Band die Abenteuer der kleinen Hexe Petronella Apfelmus.

Troll-Tränen
Funken flug Lösung
HastNix
FLEDER MAUS SPUCKE
PolarBären Rotz
Schlehen Schlücke
DRACHEN BANN TROPFEN
Apfel-Wurz
Holunder-Saft